JOHN CULLEN MURPHY

Band 60 der

Prinz Eisenherz

Werkausgabe

ORIGINALSEITEN 2652 BIS 2695

Unterwegs in Asien

Carlsen Verlag

CARLSEN COMICS
Lektorat: Andreas C. Knigge
1. Auflage März 1991

Aus dem Amerikanischen von Wolfgang J. Fuchs
PRINCE VALIANT (page 2652–2695)

Lettering: Klaus D. Baedermann
Druck und buchbinderische Verarbeitung:
Elsnerdruck, Berlin

ISBN 3-551-71560-2
Printed in Germany

HAL FOSTER'S
Prinz Eisenherz
BY JOHN CULLEN MURPHY
MEPHISTOS PLAN IST SCHIEFGEGANGEN, UND JUSTINIAN SUCHT RACHE. ZUM GLÜCK SIND DIE WAFFEN AN DER WAND AUS GOLD. MEPHISTO KANN SICH DAMIT SEIN LEBEN ERKAUFEN! JUSTINIANS SCHERGEN NEHMEN EINE PROBE AB. SIE KRATZEN DIE FARBE AB UND FINDEN DARUNTER NUR BILLIGSTES METALL.
„MEIN GOLD!" RUFT MEPHISTO. „WAS IST MIT MEINEM GOLD GESCHEHEN?" ANGEWIDERT VERSUCHEN JUSTINIANS LEUTE, IHR WERK ZU VOLLENDEN.
„EUER GOLD, MEPHISTO?" FRAGT DA EINE ZARTE, ZORNIGE FRAUENSTIMME, DIE EINEN BLEIBENDEN EINDRUCK HINTERLÄSST. ALETA TRITT MIT EINEM ELITETRUPP DER KÖNIGLICHEN WACHE INS LICHT. „DAS GOLD IST IN SICHERHEIT", SAGT SIE. „UND ZWAR IN DER HAND EURER NEFFEN, DENEN ES GEHÖRT."
MEPHISTO SCHÄUMT VOR WUT. „ACH, BERUHIGT EUCH", SAGT ALETA. „ICH LIESS EURE VILLA ÜBERWACHEN, UM EUCH ZU BESCHÜTZEN. HABGIER IST KEIN KAPITALVERBRECHEN, UND EURE SCHURKEREIEN SIND RÜCKGÄNGIG GEMACHT WORDEN. WAS DIE ANDEREN HERREN BETRIFFT... HAUPTMANN, BRINGT DEN LOHN FÜR JUSTINIAN HEREIN."
„DER KAISER WAR ÜBERRASCHT WIE DIE KUH, WENN ES DONNERT, UND MECKERT NUN WIE DIE ZIEGE. DIES SOLL IHN DARAN ERINNERN."
2652
JOHN CULLEN MURPHY
JUSTINIANS SCHERGEN WERDEN AUF EIN SCHNELLES SCHIFF GEBRACHT. „SEHT ZU, DASS DER KAISER SEINE GABEN BEKOMMT", SCHÄRFT IHNEN ALETA EIN. „UND WIEDERHOLT IHM MEINE REDE WORT FÜR WORT. WENN NICHT, ERFAHRE ICH DAVON." ALETAS BEFEHLE WERDEN AUSGEFÜHRT. ALS FOLGE NIMMT DIE EINWOHNERZAHL VON KONSTANTINOPEL UM VIER AB. NUR ZWEI DER OPFER STANDEN EINMAL FRIEDLICH AUF DER WEIDE.
© 1987 King Features Syndicate, Inc. World rights reserved.
12-6

HAL FOSTER'S
Prinz Eisenherz
BY JOHN CULLEN MURPHY
ALETAS GERECHTIGKEIT SORGT AUF DEN NEBELINSELN FÜR RUHE UND ORDNUNG. MEPHISTO WURDE GEDEMÜTIGT. ALS PREIS FÜR SEINE FREIHEIT WURDE IHM AUFERLEGT, ALLEN ARMEN NAHRUNG ZU GEBEN, DIE ZU IHM KOMMEN. VOR SEINER VILLA GIBT ES DARAUFHIN LANGE MENSCHENSCHLANGEN. ABER ER IST JA REICH. UND DIE CHRONIKEN DEUTEN SOGAR AN, DASS ER SEINE SCHURKEREIEN BEREUT HABEN KÖNNTE.
SO WIRD BERICHTET, ER ERWEISE SICH EINMAL SOGAR ALS VERBÜNDETER, NICHT ALS FEIND VON ... ABER, NUN JA, DAVON WIRD EIN ANDERES MAL BERICHTET.
INZWISCHEN HAT PRINZ EISENHERZ IN DER GEFÜRCHTETEN GEGEND NAMENS SIBIRIEN DER WINTER ÜBERRASCHT. ZWAR FÜHRT ER GROSSE NAHRUNGSVORRÄTE MIT, ABER DIE UMHERSTREIFENDEN WOLFSRUDEL SIND ZAHLREICH. NUR HOCHGELEGENES LAND BIETET SICHERHEIT. UND GALAN HAT SICH DIE FÜSSE WUND GELAUFEN.
WIE IMMER WEISS YUAN CHEN EINE LÖSUNG. „*WENN WASSER FRIERT, DEHNT ES SICH AUS. WIR GEBEN EINEN WASSERSACK IN DEINE SCHUHE UND LASSEN DAS WASSER IN DER NACHTLUFT GEFRIEREN. DAS MÜSSTE DIE STIEFEL ETWAS AUSWEITEN.*" ZU GALANS FREUDE PASSEN DIE SCHUHE AM NÄCHSTEN TAG BESSER.
JOHN CULLEN MURPHY
SCHLIESSLICH WIRD DAS WOLFSPROBLEM SO SCHLIMM, DASS PRINZ EISENHERZ UND SEINE MANNEN EINE WOCHE LANG AUF EINEM BERG FESTSITZEN. UNTEN IM TAL STREICHEN HUNDERTE VON WÖLFEN HERUM - ZU VIELE FÜR EISENHERZ' KLEINEN TRUPP. SIE SCHNEIDEN IHNEN DEN EINZIGEN FLUCHTWEG AB, DENN RINGSUM SIND STEIL ABFALLENDE FELSEN.
2653
© 1987 King Features Syndicate, Inc. World rights reserved
DIE WÖLFE WARTEN. SIE BELAGERN PRINZ EISENHERZ, DESSEN VORRÄTE NICHT EWIG AUSREICHEN KÖNNEN.
12-13

HAL FOSTER'S
Prinz Eisenherz
BY JOHN CULLEN MURPHY
ES SCHEINT VÖLLIG UNMÖGLICH, DER BELAGERUNG DURCH DIE WÖLFE ZU ENTKOMMEN. „WENIGSTENS DRÜCKEN MEINE STIEFEL NICHT MEHR", MEINT GALAN, UM DER SACHE EINE HEITERE NOTE ABZUGEWINNEN. DIE SCHERZHAFTE BEMERKUNG BRINGT PRINZ EISENHERZ AUF EINE IDEE.
ER ERINNERT SICH DARAN, WIE YUAN CHEN MIT GEFRIERENDEM WASSER GALANS STIEFEL AUSGEWEITET HAT.
„ES DEHNT SICH AUS!" DENKT EISENHERZ LAUT. „NATÜRLICH! GEFRIERENDES WASSER DEHNT SICH AUS." SEINE LEUTE HALTEN IHN FÜR VERRÜCKT, ALS ER ZUM RAND DER KLIPPE LÄUFT. „HOFFEN WIR, DASS DER FELS RISSE HAT."
TATSÄCHLICH DURCHZIEHEN DEN FELS TIEFE RISSE. EINES TAGES WERDEN SICH HIER STEINBROCKEN LÖSEN UND INS TAL STÜRZEN. WENN ES NACH EISENHERZ GEHT, SOLL DAS SCHON BALD GESCHEHEN.
DA ES FAST DUNKEL IST, IST EILE GEBOTEN. EISENHERZ LÄSST FEUER UNTER DEN KOCHTÖPFEN ANZÜNDEN UND DARIN SCHNEE SCHMELZEN. DAS GEWONNENE WASSER WIRD IN DIE RISSE IM GESTEIN GEGOSSEN. ERST VIELE STUNDEN NACH SONNENUNTERGANG SIND ALLE RISSE VOLL WASSER.
UNTER EINEM FAHLEN MOND WIRD DIE ERDE KÄLTER UND KÄLTER. DIESMAL, DENKT SICH PRINZ EISENHERZ, IST DIE KÄLTE UNSER FREUND.
© 1987 King Features Syndicate, Inc. World rights reserved.
JOHN CULLEN MURPHY 12-20
2654

HAL FOSTER'S
Prinz Eisenherz
BY JOHN CULLEN MURPHY
DIE MÄNNER VON PRINZ EISENHERZ HIELTEN DEN PLAN FÜR VERRÜCKT, DOCH WAS KONNTEN SIE SONST MACHEN? ALS ABER DIE NACHT IMMER KÄLTER WIRD UND DAS WASSER GEFRIERT, KOMMT VOM RAND DER KLIPPE EIN SCHARFES, KRACHENDES UND KNACKENDES GERÄUSCH.

SIE BLEIBEN WACH, UM DEM ERFREULICHEN GERÄUSCH ZU LAUSCHEN. „*VIELLEICHT WAR DIESE TÖRICHTE IDEE DOCH GANZ NÜTZLICH*", MUSS GAWAIN EINGESTEHEN. FAST ERWEIST SIE SICH ALS ALLZU NÜTZLICH. ALS EIN BROCKEN WEGRUTSCHT, KANN SICH GAWAIN GERADE NOCH IN SICHERHEIT BRINGEN.

DER ERDRUTSCH HAT BEGONNEN. ENTLANG DEM RAND DER SCHLUCHT STÜRZEN VOM GEFRORENEN WASSER LOSGESPRENGTE FELSMAUERN IN DIE TIEFE. SIE KIPPEN UM, ALS WÄREN SIE AN RIESIGEN SCHARNIEREN BEFESTIGT. DIE MÄNNER HALTEN SICH DIE OHREN ZU, UM DEN HÖLLENLÄRM ZU DÄMPFEN.
DRUNTEN GERATEN DIE WÖLFE IN PANIK. SIE HATTEN GEWITTERT, DASS ETWAS NICHT STIMMTE. NUN SPÜREN SIE DIE ERSCHÜTTERUNGEN. EINIGE VON IHNEN BLICKEN ENTSETZT HOCH UND KÖNNEN FLIEHEN. FÜR DIE MEISTEN IST ES EINFACH ZU SPÄT. ALS ES WIEDER STILL WIRD, BLICKT GALAN AUF DEN STEINSCHUTT HINUNTER. „*DAS IST EIN FRIEDHOF, DER EINES KAISERS WÜRDIG WÄRE*", MEINT YUAN CHEN. „*WOLLEN WIR HOFFEN, DASS DIE, DIE DORT LIEGEN, ZUFRIEDEN SIND UND UNS NICHT ALS GEISTER ERSCHEINEN.*" JA, DENKT GALAN, ODER UNS GAR FRESSEN WOLLEN.
© 1987 King Features Syndicate, Inc. World rights reserved.
2655
JOHN CULLEN MURPHY
12-27

HAL FOSTER'S
Prinz Eisenherz
BY JOHN CULLEN MURPHY
PRINZ EISENHERZ VERSCHWENDET KEINE ZEIT DAMIT, DEN SIEG ÜBER DIE WÖLFE AUSZUKOSTEN. EINE NEUE GEWÜRZSTRASSE MUSS GEFUNDEN WERDEN. DER PFADFINDER HAT SIE WEIT GEFÜHRT, ABER IM WINTER IST DIE WEITERREISE SCHWIERIG. EISENHERZ FREUT SICH, ALS ALTA AUF EINEM ERKUNDUNGSSTREIFZUG EINEN FLUSS ENTDECKT.
„ER FLIESST SCHNELL UND IST EISFREI. LEUTE VON HIER SAGEN, DASS ER WEIT NACH OSTEN FÜHREN. TROCKNEN ERST AUS, WENN DEN GROSSEN SAND ERREICHT."
GROSSER SAND? EISENHERZ FRAGT SICH, WAS DAMIT GEMEINT SEIN KANN. DOCH ZUNÄCHST ERFREUT IHN EINMAL DER FLUSS, AN DEM ES BÄUME IM ÜBERFLUSS GIBT. SIE WERDEN GEFÄLLT UND ZU BRETTERN GESPALTEN. ES IST NICHT DAS ERSTE MAL, DASS EISENHERZ EIN WIKINGERSCHIFF BAUT.
DAS WIKINGERSCHIFF IST EIN EDLES FAHRZEUG. ES WIRD OHNE DIE ALS DOLLBORD BEKANNTEN HÖLZERNEN RIPPEN GEBAUT UND IST DESHALB FLEXIBLER UND SEETÜCHTIGER ALS VIELE GRÖSSERE SCHIFFE. „MANCHE SCHIFFE BREMSEN IM WASSER", HAT GUNDAR HARL OFT GESAGT. „DIESES HIER VERBÜNDET SICH MIT IHM."
JOHN CULLEN MURPHY
DOCH ES HÄNGT ALLES VON DER STÄRKE DER KUPFERNÄGEL AB, DIE DAS SCHIFF ZUSAMMENHALTEN. ENTFERNT MAN AUCH NUR EINEN NAGEL NAHE DEM BUG...
2656
1-3
... KANN EIN SCHIFF INNERHALB WENIGER MINUTEN DEM TOD GEWEIHT SEIN. EISENHERZ ÜBERWACHT DIE ARBEIT GENAU. BALD DARAUF LÄUFT EIN WIKINGERSCHIFF AN EINEM FLUSS VOM STAPEL, DER NOCH NIE EINEN WIKINGER GESEHEN HAT. „EIN GUTES SCHIFF", SAGT PRINZ EISENHERZ. „WIR WOLLEN ES 'DIE GOLDENE PRINZESSIN' NENNEN."
© 1988 King Features Syndicate, Inc. World rights reserved

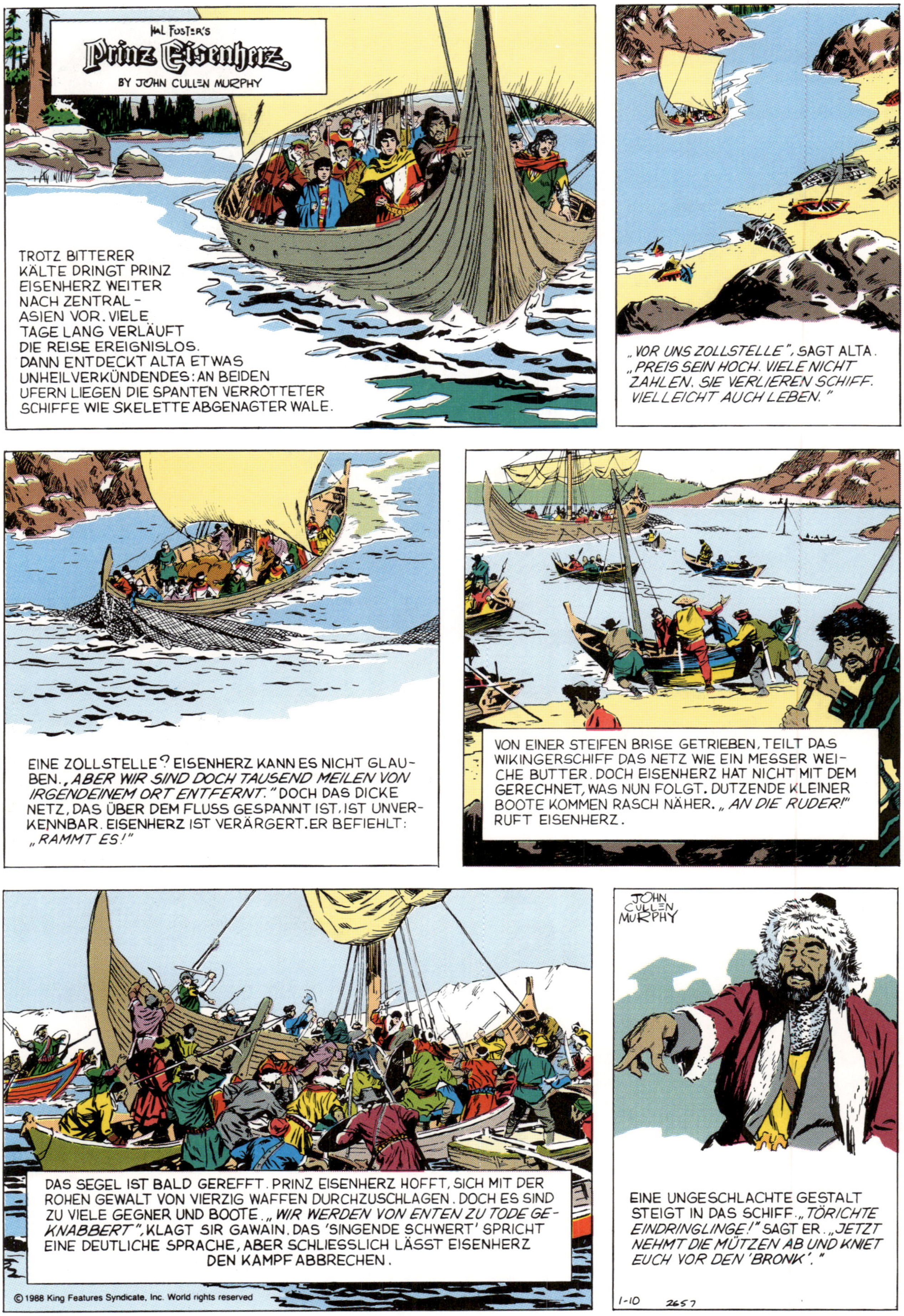
HAL FOSTER'S
Prinz Eisenherz
BY JOHN CULLEN MURPHY
TROTZ BITTERER KÄLTE DRINGT PRINZ EISENHERZ WEITER NACH ZENTRAL-ASIEN VOR. VIELE TAGE LANG VERLÄUFT DIE REISE EREIGNISLOS. DANN ENTDECKT ALTA ETWAS UNHEILVERKÜNDENDES: AN BEIDEN UFERN LIEGEN DIE SPANTEN VERROTTETER SCHIFFE WIE SKELETTE ABGENAGTER WALE.
„VOR UNS ZOLLSTELLE", SAGT ALTA. „PREIS SEIN HOCH. VIELE NICHT ZAHLEN. SIE VERLIEREN SCHIFF. VIELLEICHT AUCH LEBEN."
EINE ZOLLSTELLE? EISENHERZ KANN ES NICHT GLAUBEN. „ABER WIR SIND DOCH TAUSEND MEILEN VON IRGENDEINEM ORT ENTFERNT." DOCH DAS DICKE NETZ, DAS ÜBER DEM FLUSS GESPANNT IST, IST UNVERKENNBAR. EISENHERZ IST VERÄRGERT. ER BEFIEHLT: „RAMMT ES!"
VON EINER STEIFEN BRISE GETRIEBEN, TEILT DAS WIKINGERSCHIFF DAS NETZ WIE EIN MESSER WEICHE BUTTER. DOCH EISENHERZ HAT NICHT MIT DEM GERECHNET, WAS NUN FOLGT. DUTZENDE KLEINER BOOTE KOMMEN RASCH NÄHER. „AN DIE RUDER!" RUFT EISENHERZ.
DAS SEGEL IST BALD GEREFFT. PRINZ EISENHERZ HOFFT, SICH MIT DER ROHEN GEWALT VON VIERZIG WAFFEN DURCHZUSCHLAGEN. DOCH ES SIND ZU VIELE GEGNER UND BOOTE. „WIR WERDEN VON ENTEN ZU TODE GEKNABBERT", KLAGT SIR GAWAIN. DAS 'SINGENDE SCHWERT' SPRICHT EINE DEUTLICHE SPRACHE, ABER SCHLIESSLICH LÄSST EISENHERZ DEN KAMPF ABBRECHEN.
© 1988 King Features Syndicate, Inc. World rights reserved
JOHN CULLEN MURPHY
EINE UNGESCHLACHTE GESTALT STEIGT IN DAS SCHIFF. „TÖRICHTE EINDRINGLINGE!" SAGT ER. „JETZT NEHMT DIE MÜTZEN AB UND KNIET EUCH VOR DEN 'BRONK'."
1-10 2657

HAL FOSTER'S
Prinz Eisenherz
BY JOHN CULLEN MURPHY
EISENHERZ
UND SEINE LEUTE SIND BEIM VERSUCH, EINE ZOLLSTELLE ZU DURCHBRECHEN, GEFANGENGENOMMEN WORDEN. SIE WIRD BETRIEBEN VON EINEM KLOTZ VON EINEM MANN, DER SICH 'DER BRONK' NENNT UND DEN HABGIERIGEN STAMM DER AVARISSI ANFÜHRT. 'DER BRONK' LÄSST EISENHERZ' SCHIFF AN LAND HOLEN. DANN SPRICHT ER ZU EISENHERZ. „DU DA", SAGT ER. „DU HAST DAS WEIBISCHE AUSSEHEN VON EINEM ..."
„... DER IN DER ZIVILISATION ALS ANFÜHRER GILT. LASS UNS EIN GESPRÄCH FÜHREN ... EIN ERSTES UND ZUGLEICH LETZTES."
IN EINEM ZELT FINDET EISENHERZ EINE FRAU VON ADELIGER HALTUNG: ER ERFÄHRT, DASS SIE MARIA FRANCESCA HEISST UND VON IHREN REICHEN ELTERN IN ROM ALS SKLAVIN ... UND FRAU ... AN DEN 'BRONK' VERKAUFT WORDEN IST. EISENHERZ VERMUTET, DASS SIE HIER DEN TON ANGIBT.
ER HAT RECHT. 'DER BRONK' HEBT AN: „ICH VERURTEILE DICH UND DEINE LEUTE ZU EINEM QUALVOLLEN TOD. WIE MÖCHTEST DU ES DIESE WOCHE, MEINE LIEBE?" ABER MARIA FRANCESCA SAGT NUR: „ACH, SEI STILL!" DENN EISENHERZ' SCHIFF HAT SIE SEHR BEEINDRUCKT.
SIE FLÜSTERT: „MIT EINER FLOTTE SOLCHER SCHIFFE WÄREN UNS NICHT EINMAL DIE HUNNEN GEWACHSEN. WIR KÖNNTEN DIE WELT BEHERRSCHEN." UND DAS, SO FINDET 'DER BRONK', WÄRE DOCH GANZ ANGENEHM.
2658
1-17
JOHN CULLEN MURPHY
„DU MUSST DICH ENTSCHEIDEN", SAGT ER. „BAUE UNS EINE FLOTTE, DIE EINES XERXES WÜRDIG IST" ... DAS HATTE IHM NATÜRLICH SEINE FRAU VORGESAGT ... „ODER IHR ALLE ERLEIDET EINEN TOD, DER ZU EUCH SCHWÄCHLINGEN PASST." EISENHERZ WILL SICH TAPFER WIDERSETZEN: „ICH ZIEHE ES VOR ..." ABER DANN DENKT ER PLÖTZLICH AN GALAN. „WIR BAUEN EUCH EINE FLOTTE", SAGT ER SCHLIESSLICH.

HAL FOSTER'S
Prinz Eisenherz
BY JOHN CULLEN MURPHY
UM DAS LEBEN SEINER LEUTE ZU RETTEN, HAT SICH PRINZ EISENHERZ BEREIT ERKLÄRT, DEM TYRANNEN 'BRONK', DER DIE MÄCHTIGEN STÄMME DER UMGE-BUNG, JA VIELLEICHT GANZ EUROPAS VERNICHTEN WILL, EINE KLEINE FLOTTE VON WIKINGERSCHIFFEN ZU BAUEN. DIE ERSTEN BÄUME WERDEN GEFÄLLT.
„ABER VATER, SO EINE MACHT DÜRFEN WIR DEM 'BRONK' NICHT ÜBERANTWORTEN", PROTESTIERT GALAN. „RICHTIG", PFLICHTET EISENHERZ BEI. „ICH WOLLTE NUR ZEIT GEWINNEN."
NACH IHREM TAGEWERK WERDEN DIE VON KÖNIG ARTHUR GESANDTEN MÄNNER DES NACHTS VON DEN AVARISSI BEWACHT. UM SICH DIE LANGEWEILE ZU VERTREIBEN, PRAHLEN DIE WÄCHTER MIT IHREN EROBERUNGEN UND ZEIGEN GOLDSCHMUCK, DER EINST AN DEN WAFFEN IHRER FEINDE PRANGTE.
EIN AVARISSI ÖFFNET SEINE BÖRSE. „SCHAUT", SAGT ER. „MEIN GELD STAMMT AUS ALLER WELT." GAWAIN FLÜSTERT GALAN ZU: „BIS DAS GELD HIER ANKAM, WAR ES SICHER LÄNGST BESCHNITTEN." GALAN VERSTEHT NICHT, WAS ER MEINT.
JOHN CULLEN MURPHY
UNGEDULDIG ERKLÄRT GAWAIN: „BESCHNEIDEN HEISST, DASS VOM RAND VON MÜNZEN TEILE DES WERTVOLLEN EDELMETALLS ABGESCHLIFFEN WERDEN. ANFANGS BEMERKT MAN DAS GAR NICHT. ABER WENN EINE MÜNZE ERST EINMAL DURCH VIELE UNEHRLICHE HÄNDE GEGANGEN IST UND HIERHER KOMMT, IST SIE NUR NOCH EIN SCHATTEN IHRER FRÜHEREN GRÖSSE..." GAWAIN HOLT ZUR VERDEUTLICHUNG ZWEI SILBERMÜNZEN AUS DER TASCHE.
© 1988 King Features Syndicate, Inc. World rights reserved 1-24
GALAN RICHTET SICH AUF UND SAGT: „DAS IST ES. WIR MÜSSEN DIE NÄGEL BESCHNEIDEN."
2659

HAL FOSTER'S
Prinz Eisenherz
BY JOHN CULLEN MURPHY
VON EINEM SCHMIED ERWARTET MAN, DASS ER AUF JEDER EXPEDITION NÜTZLICHE DINGE MITFÜHRT. DAS IST EINE LÄSTIGE, ABER WICHTIGE AUFGABE. EISENHERZ GLAUBT, DASS DER PLAN SEINES SOHNES FUNKTIONIEREN KÖNNTE. WÄHREND AM NÄCHSTEN MORGEN DIE ZIMMERER SCHON ARBEITEN, BESPRICHT ER SICH MIT SEINEM SCHMIED.
PRINZ EISENHERZ FRAGT: *„KÖNNTEST DU STATT SOLCHER NÄGEL SOLCHE MACHEN?“* ER ZEIGT IHM, WAS ER MEINT.
„JA, HERR, DAS KANN ICH“, SAGT DER SCHMIED. *„ABER SIE WERDEN BEIM ERSTEN STURM ZERBRECHEN, UND DANN...“* UND DANN MUSS DER SCHMIED LÄCHELN. *„ICH VERSTEHE“*, SAGT ER. *„UND WENN ZWEI PLANKEN SO ZUSAMMENGENAGELT SIND“* – ZACK! – *„SIEHT MAN DIE DÜNNE STELLE NICHT.“*
MIT VERSTÄRKTEM EIFER NEHMEN EISENHERZ UND SEINE LEUTE DIE ARBEIT AUF. UND JEDE SCHIFFSPLANKE WIRD MIT EINEM DER SPEZIALNÄGEL BEFESTIGT, DENEN EIN SPEZIELLER FEHLER ZU EIGEN IST. SCHLIESSLICH IST DIE FLOTTE BEREIT, UND 'DER BRONK' BESICHTIGT SIE.
ER HAT SICH EINE ADMIRALSRÜSTUNG ANFERTIGEN LASSEN, IN DER ER ÜBERAUS LÄCHERLICH AUSSIEHT. ER IST GLÜCKLICH UND ZUFRIEDEN.
2660
JOHN CULLEN MURPHY
„MEINE LIEBE“, SAGT 'DER BRONK' IN SEINEM VORNEHMSTEN TON ZU MARIA FRANCESCA. *„LASS UNS AUF MEINEM FLAGGSCHIFF AUSFAHREN. DENN DORT DRAUSSEN LIEGT MEIN REICH.“* 'DER BRONK' HÄLT WORT UND LÄSST EISENHERZ UND SEINE LEUTE FREI. ALS DIE FLOTTE ABLEGT, SCHAUT EISENHERZ ZUM HIMMEL UND GRINST. *„ES KOMMT STURM AUF.“*
© 1988 King Features Syndicate, Inc. World rights reserved
1-31

HAL FOSTER'S
Prinz Eisenherz
BY JOHN CULLEN MURPHY
'DER BRONK' HAT SICH MIT SEINER FLOTTE AUFGEMACHT, DIE WELT ZU EROBERN ... OHNE ZU AHNEN, WIE ZERBRECHLICH SEINE SCHIFFE IN WIRKLICHKEIT SIND. ALS DIE SCHIFFE IHREN BLICKEN ENTSCHWINDEN, SAGT EISENHERZ HOFFNUNGSVOLL: „EIN STURM NAHT."
ES IST EIN BEACHTLICHER STURM. UND ALS DER FLUSS IMMER HÖHERE WELLEN SCHLÄGT, WIRD DER DRUCK AUF DIE NÄGEL UNERTRÄGLICH. PLÖTZLICH GIBT ES EIN LAUTES, KNACKENDES GERÄUSCH, DEM TAUSEND ANDERE FOLGEN.
AUF ALLEN SCHIFFEN ZERBRICHT NACH UND NACH JEDER NAGEL. DIE SCHIFFE SCHLAGEN VOLL WASSER. UND INNERHALB WENIGER SEKUNDEN VERSINKT DIE STOLZE FLOTTE DES 'BRONK' IN DEN WILDBEWEGTEN FLUTEN.
JOHN CULLEN MURPHY
UND 'DER BRONK'? SEINE ADMIRALSRÜSTUNG IST AUS DEN EDELSTEN METALLEN ANGEFERTIGT. ABER ACH, WIE SCHWER DAS GOLD PLÖTZLICH WIRD! VIER MANN MÜHEN SICH MIT IHM AB. DOCH ES IST, ALS WOLLTE MAN EINE STATUE RETTEN. MARIA FRANCESCA ÜBERLÄSST IHREN MANN SEINEM SCHICKSAL. ABER ALS SIE ANS UFER SCHWIMMT, SCHWÖRT SIE RACHE. „EISENHERZ", MURMELT SIE WIEDER UND WIEDER. „PRINZ EISENHERZ. DIESEN NAMEN DARF ICH NIE VERGESSEN."
©1988 King Features Syndicate, Inc. World rights reserved
2-7
2661

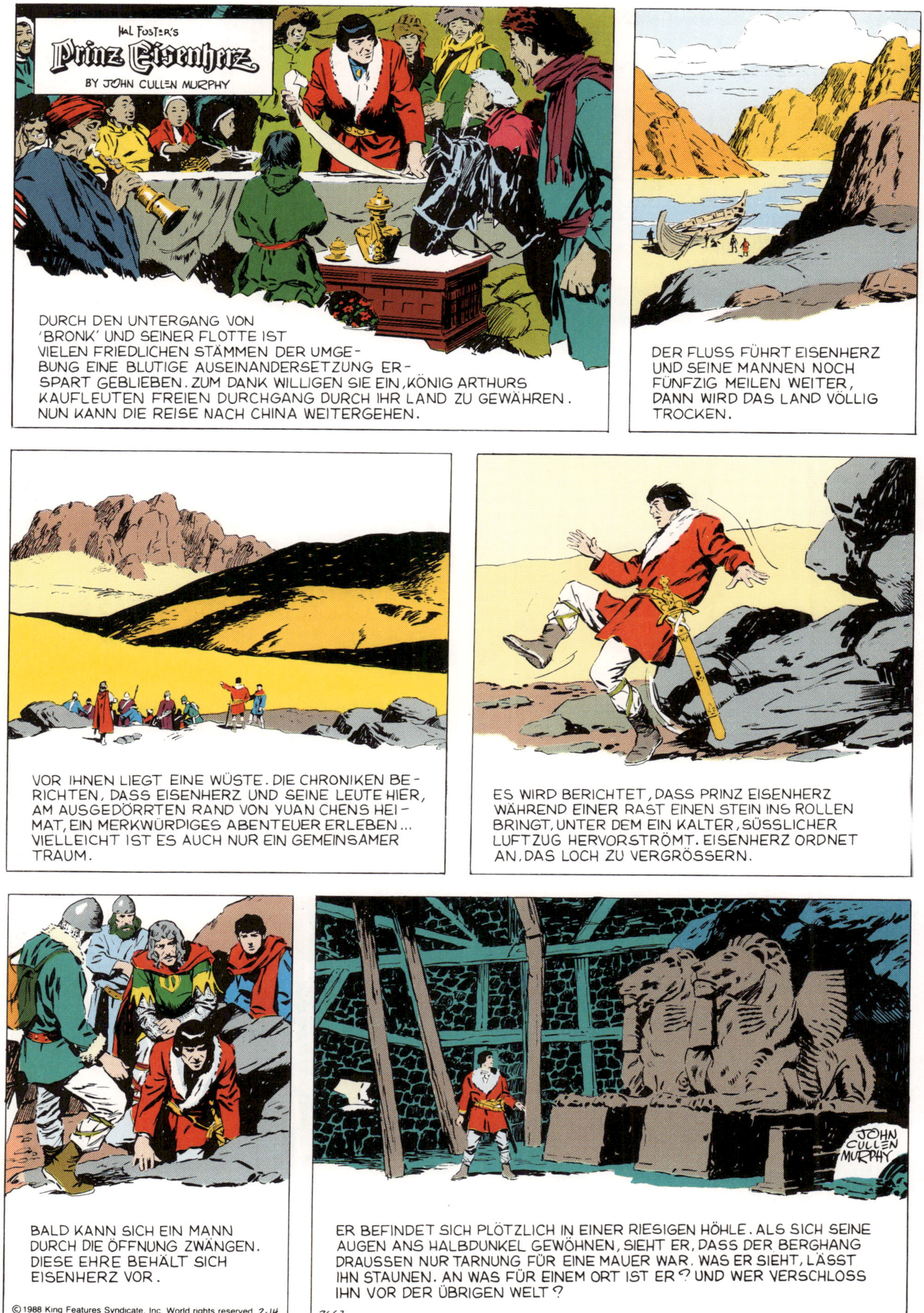
HAL FOSTER'S
Prinz Eisenherz
BY JOHN CULLEN MURPHY
DURCH DEN UNTERGANG VON 'BRONK' UND SEINER FLOTTE IST VIELEN FRIEDLICHEN STÄMMEN DER UMGEBUNG EINE BLUTIGE AUSEINANDERSETZUNG ERSPART GEBLIEBEN. ZUM DANK WILLIGEN SIE EIN, KÖNIG ARTHURS KAUFLEUTEN FREIEN DURCHGANG DURCH IHR LAND ZU GEWÄHREN. NUN KANN DIE REISE NACH CHINA WEITERGEHEN.
DER FLUSS FÜHRT EISENHERZ UND SEINE MANNEN NOCH FÜNFZIG MEILEN WEITER, DANN WIRD DAS LAND VÖLLIG TROCKEN.
VOR IHNEN LIEGT EINE WÜSTE. DIE CHRONIKEN BERICHTEN, DASS EISENHERZ UND SEINE LEUTE HIER, AM AUSGEDÖRRTEN RAND VON YUAN CHENS HEIMAT, EIN MERKWÜRDIGES ABENTEUER ERLEBEN... VIELLEICHT IST ES AUCH NUR EIN GEMEINSAMER TRAUM.
ES WIRD BERICHTET, DASS PRINZ EISENHERZ WÄHREND EINER RAST EINEN STEIN INS ROLLEN BRINGT, UNTER DEM EIN KALTER, SÜSSLICHER LUFTZUG HERVORSTRÖMT. EISENHERZ ORDNET AN, DAS LOCH ZU VERGRÖSSERN.
BALD KANN SICH EIN MANN DURCH DIE ÖFFNUNG ZWÄNGEN. DIESE EHRE BEHÄLT SICH EISENHERZ VOR.
JOHN CULLEN MURPHY
ER BEFINDET SICH PLÖTZLICH IN EINER RIESIGEN HÖHLE. ALS SICH SEINE AUGEN ANS HALBDUNKEL GEWÖHNEN, SIEHT ER, DASS DER BERGHANG DRAUSSEN NUR TARNUNG FÜR EINE MAUER WAR. WAS ER SIEHT, LÄSST IHN STAUNEN. AN WAS FÜR EINEM ORT IST ER? UND WER VERSCHLOSS IHN VOR DER ÜBRIGEN WELT?
2-14
2662

HAL FOSTER'S
Prinz Eisenherz
BY JOHN CULLEN MURPHY
DIE SEIT JAHRHUNDERTEN VON DER WELT ABGESCHIEDENE HÖHLE IST ZU RÄTSELHAFT, UM SIE EINFACH LINKS LIEGENZULASSEN. ZUSAMMEN MIT GALAN, YUAN CHEN UND GAWAIN MACHT SICH PRINZ EISENHERZ DARAN, SIE NÄHER ZU UNTERSUCHEN. DURCH EIN RIESIGES TOR DRINGEN SIE INS INNERE VOR.
DER DURCHGANG WAR VON DER NATUR GESCHAFFEN, ABER VON MENSCHEN VERBESSERT. DIE BÖDEN SIND GLATT. „SEHT", SAGT EISENHERZ.
AUF VIELEN WÄNDEN FINDEN SIE BILDERSCHRIFT. „DAVON BEKOMME ICH HUNGER", MEINT GAWAIN, DENN VIELE DER ABBILDUNGEN SCHEINEN MIT ESSEN ZU TUN ZU HABEN. „DIE LUFT IST KÜHL, UND DIE WÄNDE SIND TROCKEN", BEMERKT YUAN CHEN. „VIELLEICHT WAR DAS EIN LAGERHAUS."
DIE BESUCHER KOMMEN IN EINE GROSSE KAMMER UND SIND ÜBERRASCHT. „WENN DAS EIN LAGERHAUS WAR, DANN MUSS ES EINER GANZEN NATION GEDIENT HABEN", MEINT EISENHERZ. GALAN LUGT IN EINEN DER KRÜGE. „KORN", SAGT ER. „LAUTER KORN."
„AAAAAH!" SCHREIT GAWAIN. EIN TIER, WIE ES EISENHERZ NIE ZUVOR GESEHEN HAT, HAT SICH IN GAWAINS HAAR VERKRALLT, EHE ES DAVONHÜPFT.
2663
JOHN CULLEN MURPHY
DER GANG FÜHRT TIEFER UND TIEFER DURCH DUTZENDE VON LAGERRÄUMEN, DIE ALLE GEFÜLLT SIND. ES WIRD KÄLTER UND KÄLTER, SO DASS EISENHERZ' HAND AN EINER METALLTÜR KLEBEN BLEIBT, DIE ER ANFASST. MIT EINEM TUCH ZIEHT ER DIE TÜR AUF. ER ERBLICKT VOLL UNGLÄUBIGEN STAUNENS EINE EISIGE KAMMER.
© 1988 King Features Syndicate, Inc. World rights reserved
2-21

HAL FOSTER'S
Prinz Eisenherz
BY JOHN CULLEN MURPHY
DIE URALTE TÜR ÖFFNET SICH, UND PLÖTZLICH BEFINDET SICH PRINZ EISENHERZ IN EINER ANDEREN WELT, IN EINER ART UNTERIRDISCHEM WASSERSPEICHER VON DER GRÖSSE EINES SEES UND ANGEFÜLLT MIT EIS. ZUNÄCHST FUNKELT DER SCHEIN DER FACKELN NUR AUF DEN KALTEN OBERFLÄCHEN. DOCH DANN WERDEN FORMEN SICHTBAR.
„WAS IST DAS?" FRAGT EISENHERZ MIT KALTEM ATEMHAUCH VOR DEM MUND, ALS ER EINE HÄNGENDE GESTALT ANLEUCHTET.
„ODER D-D-DAS?" SAGT GAWAIN SCHAUDERND. DIE TIERE SIND FESTGEFROREN. SIND SIE SEIT EINER WOCHE SO? ODER SEIT TAUSEND JAHREN? EINES IST GEWISS: KEIN MENSCH, DER ÜBERS ANTLITZ DER ERDE GEHT, HAT JE SOLCHE TIERE GESEHEN.
SIE GEHEN DURCH DIE MERKWÜRDIGE, UNHEIMLICHE GALERIE UND BETRACHTEN EIN TIER UMS ANDERE. VIELE HÄNGEN AN HAKEN IN DER WAND, ANDERE LIEGEN GEFROREN AM BODEN, ALS WOLLTEN SIE GLEICH AUFTAUEN.
©1988 King Features Syndicate, Inc. World rights reserved
„DAS SIEHT FAST SO AUS, ALS WOLLE JEMAND HIER FÜR EWIGE ZEIT FLEISCH EINLAGERN", MEINT YUAN CHEN. „ABER WAS FÜR SELTSAMES FLEISCH." NUR EIN WESEN KOMMT IHNEN VERTRAUT VOR: ES IST SCHOCKIEREND WEISS UND STEHT GANZ STILL. ZUNÄCHST SIEHT ES AUCH WIE GEFROREN AUS. LANGSAM ABER ÖFFNET DER MANN DIE AUGEN UND SIEHT ENTSETZT UM SICH.
©1988 King Features Syndicate, Inc. World rights reserved 2-28
2664
JOHN CULLEN MURPHY
„WER SEID IHR?" FRAGT ER. ABER KEINER VERSTEHT SEINE SPRACHE.

HAL FOSTER'S
Prinz Eisenherz
BY JOHN CULLEN MURPHY
DER KALTE, TOTENBLASSE MANN VERSUCHT, MIT DEN FREMDLINGEN ZU REDEN, DIE SEINE WELT BETRETEN HABEN. DOCH EISENHERZ UND SEINE BEGLEITER KENNEN SEINE SPRACHE NICHT. NACHDEM DER MANN SEINE FURCHT ETWAS VERLOREN HAT, WINKT ER PRINZ EISENHERZ, IHM ZU FOLGEN.
© 1988 King Features Syndicate, Inc. World rights reserved
DABEI BEMERKT EISENHERZ, DASS DIE MERKWÜRDIGEN TIERE, DIE GAWAIN ERSCHRECKT HATTEN, HIER SO SEHR VERBREITET SCHEINEN WIE DIE EICHHÖRNCHEN IN CAMELOT.
BALD WEITET SICH DER GANG VOR IHNEN SEITLICH UND NACH OBEN AUS. EISENHERZ ERBLICKT EINE RIESIGE HÖHLE UND GEHT AUF ETWAS, DAS MAN NUR ALS STRASSE BEZEICHNEN KANN. HÄUSER SIND ZU ERKENNEN. NEUGIERIGE KOMMEN GELAUFEN.
„FREMDE", FLÜSTERN SIE BEUNRUHIGT. „SEHT NUR, WIE BRAUN IHRE HAUT IST." BIS EISENHERZ DEN HAUPTPLATZ ERREICHT, IST DIESER VOLL VON NEUGIERIGEN, VON DENEN NOCH KEINER JE DIE SONNE GESEHEN HAT. „WIR MÜSSEN EINE MEILE UNTER DER ERDE SEIN", MEINT GALAN STAUNEND.
JOHN CULLEN MURPHY
DIE MENGE MACHT EINEM ALTEN MANN PLATZ, DER IN EINER ART FLÜSTERSTIMME IN EINER SPRACHE NACH DER ANDEREN AUF DIE BESUCHER EINREDET. ALLE WIRKEN SELTSAM UND SIND UNBEKANNT. DA PLÖTZLICH HORCHT YUAN CHEN AUF. „HALT! DIE SPRACHE KENNE ICH AUS MEINEN FRÜHEREN STUDIEN. ES IST EINE ALTE SPRACHE, DIE NICHT MEHR GESPROCHEN WIRD. UND MEINE KENNTNISSE SIND ETWAS EINGEROSTET."
2665
3-6
DOCH ER MURMELT EINIGE WORTE. DA BEGINNEN DIE AUGEN DES ALTEN ZU LEUCHTEN. ER FRAGT: „HAT ES AUFGEHÖRT ZU REGNEN?"

HAL FOSTER'S
Prinz Eisenherz
BY JOHN CULLEN MURPHY
IN DER SELTSAMEN UNTERIRDISCHEN STADT ÜBERSETZT YUAN CHEN, WAS DER ALTE MANN ERZÄHLT: „VOR VIELEN JAHRHUNDERTEN BEGANN ES EINES TAGES AUS EINER UNS UNBEKANNTEN URSACHE UNAUF-HÖRLICH ZU REGNEN. DER GROSSEN ZIVILISATION, DIE WIR AUFGEBAUT HATTEN, DROHTE DER UNTERGANG. UNSER KAISER FÄLLTE EINE ENTSCHEIDUNG..."
„..., LASST UNS IM GROSSEN LAGERRAUM IM BERG ZUFLUCHT SUCHEN, DENN WIR KÖNNEN DEN EINGANG SO FEST VERSCHLIE-SSEN WIE EINE FLASCHE.'"
„VIELE VORRÄTE LAGERTEN DORT BEREITS. ABER WIR BRAUCHTEN AUCH FLEISCH. DAHER WURDEN GROSSE TIERHERDEN GESCHLACHTET, IN SALZ EINGELEGT UND DANN IN DER GROSSEN ZISTERNE IN DAS VORHAN-DENE EIS GELEGT, DAS IN DIESER TIEFE SO KALT IST, DASS ES NIE SCHMILZT."
„ALS ALLES BEREIT WAR, WURDEN LOSE GEZO-GEN. DIE ERWÄHLTEN FUHREN MIT DER KÖNIGLI-CHEN FAMILIE ZU DER HÖHLE. ES GAB GROSSES WEINEN UND WEHKLAGEN, ALS FAMILIEN ZER-RISSEN UND MÜTTER VON IHREN KINDERN GE-TRENNT WURDEN.
JOHN CULLEN MURPHY
„IN EINEM WETTLAUF MIT DER ZEIT BAUTEN UNSERE VORFAHREN EINEN DAMM GEGEN DAS STÄNDIG STEIGENDE WASSER, EHE SIE DEN EINGANG VERSCHLOSSEN. AM VIERZIGSTEN TAG, NACHDEM ES ZU REGNEN BEGONNEN HATTE, WAR DIE ARBEIT BEENDET, UND WIR BEFANDEN UNS IN SICHERHEIT. ES HEISST, DASS IN DEM AUGENBLICK, IN DEM DER LETZTE STEIN EINGESETZT WURDE..."
„... EIN KLEINES KIND RIEF: ‚SCHAUT, DIE SONNE KOMMT HERAUS!' ABER DAS IST NUR EINE TÖRICHTE LEGENDE."
2666
3-13

PRINZ EISENHERZ UND SEINE GEFÄHRTEN LAUSCHEN DEN ERZÄHLUNGEN DES ALTEN. *„DAS MUSS DIE GLEICHE FLUT GEWESEN SEIN, DERENTWEGEN NOAH SEINE ARCHE BAUTE"*, FLÜSTERT EISENHERZ. YUAN CHEN NICKT. *„DIE ARMEN LEUTE. SIE HABEN SICH IN DEM AUGENBLICK EINGESCHLOSSEN, ALS ES ZU REGNEN AUFHÖRTE."*

„ALS SIE HIER DRINNEN WAREN, BEGANNEN UNSERE VORFAHREN, IHR LEBEN NEU ZU ORDNEN", BERICHTET DER ALTE.

„SIE HATTEN NATÜRLICH FEUER. ABER - WIE WIR - VERBRACHTEN SIE DIE MEISTE ZEIT IN DER DUNKELHEIT. UND DOCH ERRICHTETEN WIR NEUE HÄUSER UND TEMPEL FÜR UNSERE GÖTTER. UNSERE ZIVILISATION BLIEB ERHALTEN, EBENFALLS EINIGE UNSERER TIERE."

„DIE GROSSEN TIERE KONNTEN NICHT ÜBERLEBEN, ABER DIE MÄUSE FOLGTEN UNS IN DIE HÖHLE, EBENSO DIE FLITSCHE... HABT IHR DIE FLITSCHE GESEHEN? DIE MÄUSE FRESSEN KORN, UND DIE FLITSCHE FRESSEN MÄUSE. UND MANCHMAL ESSEN WIR MENSCHEN SOGAR FLITSCHE."

„,UND WENN WIR BRAV EINEN FLITSCH WOHL ESSEN, KÖNNEN GETROST WIR GEFAHR FÜR DEN DAMM VERGESSEN.' DAS SINGEN DIE KINDER ZUR FEIER DES TAGES UNSERER RETTUNG."

DER ALTE MANN LÄCHELT VERTRÄUMT, ALS ER AN SEINE KINDHEIT ZURÜCKDENKT. *„UND IHR SAGT, ES HAT ZU REGNEN AUFGEHÖRT?"* EISENHERZ WEISS NICHT, WAS ER SAGEN SOLL. ER DENKT AN EINEN FERNEN ORT IN EINER FRÜHEREN ZEIT, WEIT WEG VOM LANDE NOAHS. DER ALTE HERR MUSSTE WOHL EINIGE TIERE ÜBERSEHEN HABEN.

2667 3-20

HAL FOSTER'S
Prinz Eisenherz
BY JOHN CULLEN MURPHY
DIE NACHRICHT, DASS ES ZU REGNEN AUFGEHÖRT HAT, SORGT UNTER DEN HÖHLENBEWOHNERN FÜR GROSSE VERWIRRUNG. SEIT GENERATIONEN KENNEN SIE NUR IHRE UNTERIRDISCHE HEIMAT. „JETZT KÖNNEN WIR SONNE UND MOND SEHEN", RUFT EINER. „UND DAS GRÜNE GEMÜSE ESSEN, VON DEM DIE LEGENDEN BERICHTEN."
DOCH EIN ANDERER SPRICHT FÜR VIELE: „DIE SONNE WIRD GEWISS UNSERE BLASSE HAUT VERBRENNEN. UND DIE WELT WIRD SICH VERÄNDERT HABEN."
SCHLIESSLICH BERUFT DER ANFÜHRER EINE VOLKSVERSAMMLUNG EIN. EISENHERZ UND SEINE LEUTE ERFAHREN VON DER DORT GETROFFENEN ENTSCHEIDUNG NUR, DASS ZU IHREN EHREN EIN GROSSES FEST ABGEHALTEN WERDEN SOLL. AUS DEN LAGERRÄUMEN WERDEN DIE BESTEN VORRÄTE GEHOLT.
SELBST FLITSCHE SOLL ES GEBEN. ALS GALAN EINMAL UNBEOBACHTET IST, NIMMT ER SICH ZWEI VON IHNEN ... UM DER WISSENSCHAFT WILLEN, WIE ER SICH SELBST EINREDET. FÜR DIE MENSCHEN AUF DER ERDE OBEN WÄREN DIE FLITSCHE EIN WELTWUNDER.
ALS DAS FEST BEGINNT, ERHEBT DER ANFÜHRER SEIN GLAS ZU EINEM TRINKSPRUCH: „WIR BEGRÜSSEN DIESE BESUCHER AUS DER AUSSENWELT ..."
2668
JOHN CULLEN MURPHY
„... DOCH LEIDER IST ES FÜR UNS ZU SPÄT, WIEDER IN DIE WELT HINAUSZUGEHEN. UND NIEMAND DARF VON UNS WISSEN. ENTSCHULDIGT DAHER BITTE DAS STARKE MITTEL IN EUREM WEIN, FREUNDE. IHR WERDET EUCH AN NICHTS ERINNERN, WENN IHR AUFWACHT." ALS DIE GÄSTE FEST ZU SCHLAFEN SCHEINEN, SAGT DER ANFÜHRER: „BRINGT DIE YETIS."
3-27
© 1988 King Features Syndicate, Inc. World rights reserved

HAL FOSTER'S
Prinz Eisenherz
BY JOHN CULLEN MURPHY
PRINZ EISENHERZ UND SEINE GEFÄHRTEN SIND OPFER EINES SCHLAFTRUNKS GEWORDEN. NUR GALAN NICHT.
DER JUNGE BURSCHE HAT SEINEN WEIN NICHT GETRUNKEN, TÄUSCHT ABER KLUGERWEISE SCHLAF VOR. DIE HÖHLENBEWOHNER BRINGEN NUN EINE HORDE YETIS HERBEI ... EINE ART STUMMER UND SANFTMÜTIGER HALBMENSCHEN. VOR DER GROSSEN FLUT WAREN DIE YETIS ALS PACKTIERE BENÜTZT WORDEN. UND DAS SIND SIE FÜR DIE HÖHLENBEWOHNER NOCH IMMER.
WER WUSSTE SCHON, OB DIE YETIS GEFÜHLE HATTEN! *„BRINGT DIESE MÄNNER NACH OBEN!"* BEFIEHLT DER ANFÜHRER. UND SO WERDEN EISENHERZ UND GALAN, GAWAIN UND YUAN CHEN SAMT IHREN HABSELIGKEITEN DEN LANGEN GANG NACH OBEN GETRAGEN.
SCHLIESSLICH ERREICHEN SIE DIE ÖFFNUNG, DIE EISENHERZ GEMACHT HATTE. DER MOND SCHEINT HEREIN. EINEN AUGENBLICK LANG BESTAUNEN DIE HÖHLENBEWOHNER DEN IHNEN UNBEKANNTEN LICHTSCHEIN. DANN REISST SICH IHR ANFÜHRER VON DIESEM ANBLICK LOS.
„LOS, AN DIE ARBEIT." AUF EINEN BEFEHL HIN SCHUBSEN DIE YETIS DIE SCHLAFENDEN EINDRINGLINGE IN DIE AUSSENWELT HINAUS.
©1988 King Features Syndicate, Inc. World rights reserved
JOHN CULLEN MURPHY
UND DANN ENTFLIEHEN MIT EINEM RIESENSATZ ZWEI YETIS DURCH DIE ÖFFNUNG. *„WIR MÜSSEN SIE FANGEN"*, RUFT JEMAND. DOCH DER ANFÜHRER SAGT: *„NEIN. SIE KÖNNEN NICHT REDEN. UNSER GEHEIMNIS BLEIBT GEWAHRT."* GALAN, DER GANZ STILL DALIEGT, SIEHT DIE BEIDEN YETIS WEGLAUFEN. ER LÄCHELT, ALS ER SIEHT, DASS SIE SICH AN DEN HÄNDEN HALTEN.
4-3

HAL FOSTER'S
Prinz Eisenherz
BY JOHN CULLEN MURPHY
DIE CHRONIKEN BERICHTEN, DASS PRINZ EISENHERZ UND SEINE GEFÄHRTEN WIE BETÄUBT SIND, ALS SIE AM NÄCHSTEN MORGEN AUFWACHEN UND SICH AN NICHTS ERINNERN. NUR GALAN ERINNERT SICH DARAN, WAS AM VORTAG GESCHEHEN IST. DOCH VORLÄUFIG BLEIBT DIE EXISTENZ DES HÖHLENVOLKES SEIN GEHEIMNIS. EBENSO DIE FLITSCHE.
DENN ER HATTE IHNEN DIE FREIHEIT GEGEBEN: *„FLIEGT UND VERMEHRT EUCH, MEINE FREUNDE. EINES TAGES KOMME ICH ZU EUCH ZURÜCK."*
GALAN SIEHT, DASS KEINE SPUR DER ÖFFNUNG ZURÜCKGEBLIEBEN IST. ZUSAMMEN MIT IHREN YETIS HABEN DIE HÖHLENBEWOHNER DIE GANZE NACHT LANG DARAN GEARBEITET, DEN ZUGANG ZU IHRER FINSTEREN UND KALTEN HEIMAT ZUZUMAUERN.
DIE FORSCHER FERTIGEN FRAGEN KURZ AB, ALS SIE INS LAGER ZURÜCKKEHREN. *„DIE ÖFFNUNG? ACH, DAS WAR NICHTS WEITER"*, MEINT EISENHERZ, OHNE GENAU ZU WISSEN, WOVON ER REDET. DANN GIBT ER ZIEMLICH BARSCH BEFEHL ZUM AUFBRUCH. DIE SEIDENSTRASSE WINKT.
JOHN CULLEN MURPHY
UND DIE YETIS? AM FERNEN HORIZONT TIEF UNTEN IM SÜDEN LOCKT SIE EIN GEWALTIGES GEBIRGSMASSIV. FOLGTEN SIE IRGENDEINER INNEREN STIMME UND KEHRTEN SIE SO INS LAND IHRER AHNEN ZURÜCK? DIE CHRONIKEN BERICHTEN, DASS NUR GALAN SIEHT, WIE SIE IHRE FESSELN LÖSEN ...
© 1988 King Features Syndicate, Inc. World rights reserved
4-10
... UND SICH IM SCHEIN DER SONNE AUF DEN WEG MACHEN.

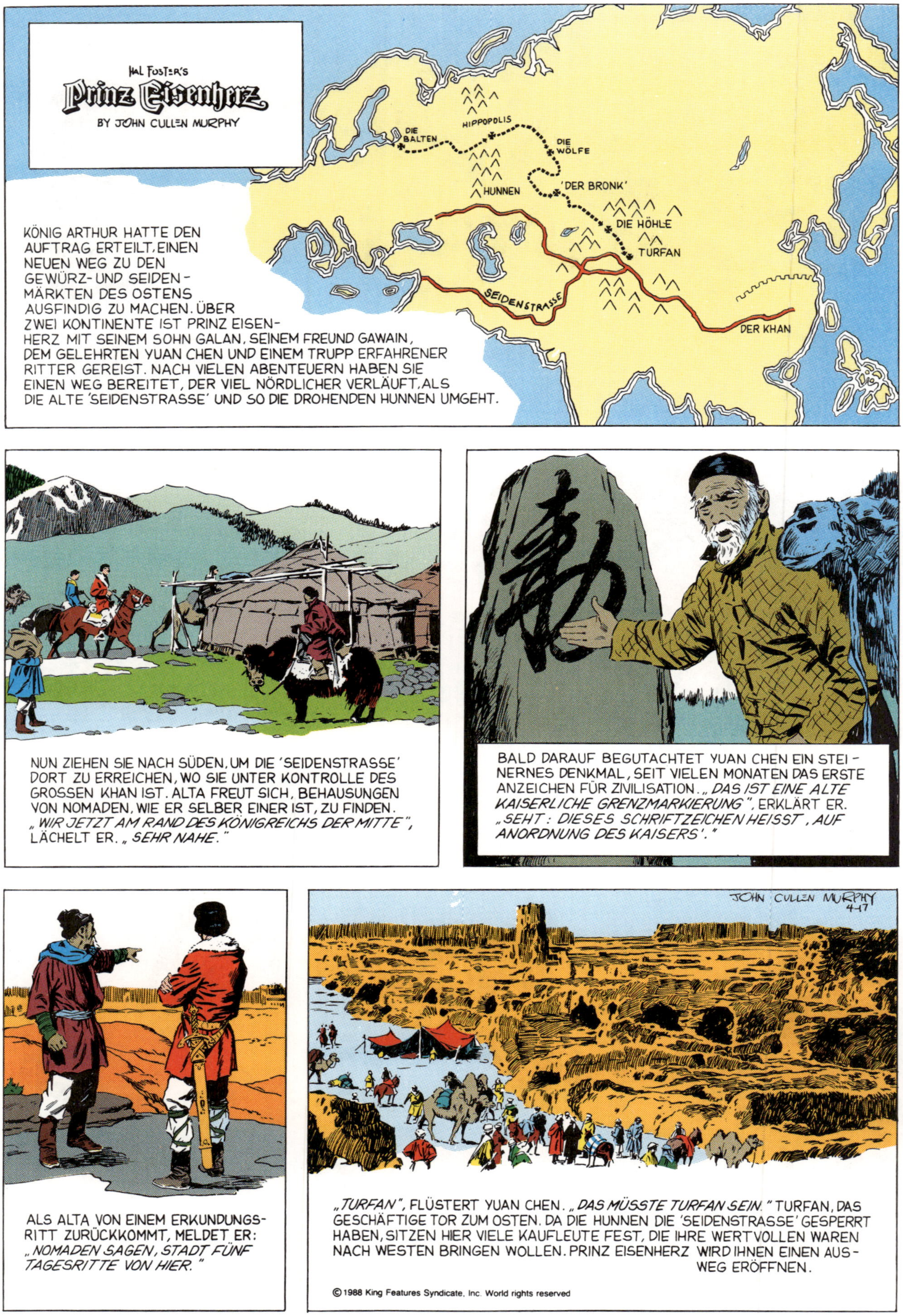
HAL FOSTER'S
Prinz Eisenherz
BY JOHN CULLEN MURPHY
DIE BALTEN
HIPPOPOLIS
DIE WÖLFE
'DER BRONK'
HUNNEN
DIE HÖHLE
TURFAN
SEIDENSTRASSE
DER KHAN
KÖNIG ARTHUR HATTE DEN AUFTRAG ERTEILT, EINEN NEUEN WEG ZU DEN GEWÜRZ- UND SEIDEN-MÄRKTEN DES OSTENS AUSFINDIG ZU MACHEN. ÜBER ZWEI KONTINENTE IST PRINZ EISENHERZ MIT SEINEM SOHN GALAN, SEINEM FREUND GAWAIN, DEM GELEHRTEN YUAN CHEN UND EINEM TRUPP ERFAHRENER RITTER GEREIST. NACH VIELEN ABENTEUERN HABEN SIE EINEN WEG BEREITET, DER VIEL NÖRDLICHER VERLÄUFT, ALS DIE ALTE 'SEIDENSTRASSE' UND SO DIE DROHENDEN HUNNEN UMGEHT.
NUN ZIEHEN SIE NACH SÜDEN, UM DIE 'SEIDENSTRASSE' DORT ZU ERREICHEN, WO SIE UNTER KONTROLLE DES GROSSEN KHAN IST. ALTA FREUT SICH, BEHAUSUNGEN VON NOMADEN, WIE ER SELBER EINER IST, ZU FINDEN. *„WIR JETZT AM RAND DES KÖNIGREICHS DER MITTE“*, LÄCHELT ER. *„SEHR NAHE.“*
BALD DARAUF BEGUTACHTET YUAN CHEN EIN STEINERNES DENKMAL, SEIT VIELEN MONATEN DAS ERSTE ANZEICHEN FÜR ZIVILISATION. *„DAS IST EINE ALTE KAISERLICHE GRENZMARKIERUNG“*, ERKLÄRT ER. *„SEHT: DIESES SCHRIFTZEICHEN HEISST, AUF ANORDNUNG DES KAISERS'.“*
ALS ALTA VON EINEM ERKUNDUNGSRITT ZURÜCKKOMMT, MELDET ER: *„NOMADEN SAGEN, STADT FÜNF TAGESRITTE VON HIER.“*
JOHN CULLEN MURPHY 4-17
„TURFAN“, FLÜSTERT YUAN CHEN. *„DAS MÜSSTE TURFAN SEIN.“* TURFAN, DAS GESCHÄFTIGE TOR ZUM OSTEN. DA DIE HUNNEN DIE 'SEIDENSTRASSE' GESPERRT HABEN, SITZEN HIER VIELE KAUFLEUTE FEST, DIE IHRE WERTVOLLEN WAREN NACH WESTEN BRINGEN WOLLEN. PRINZ EISENHERZ WIRD IHNEN EINEN AUSWEG ERÖFFNEN.
© 1988 King Features Syndicate, Inc. World rights reserved

HAL FOSTER'S
Prinz Eisenherz
BY JOHN CULLEN MURPHY
PRINZ EISENHERZ UND SEINE LEUTE SIND NUR NOCH WENIGE TAGESRITTE VON TURFAN ENTFERNT, EINER OASENSTADT AN DER 'SEIDENSTRASSE', DIE ALS TOR NACH CHINA GILT. ES WERDEN REITER VORAUSGE-SCHICKT, DIE EISENHERZ' ANKUNFT BEKANNT-MACHEN SOLLEN.
„EINWOHNER VON TURFAN UND HÄNDLER AUS ALLER WELT", VERKÜNDET DER BOTE. „SEID BEREIT, DIE DIENER DES GROSSEN KÖNIG ARTHUR, DES HERRN DER TAFELRUNDE, WILLKOMMEN ZU HEISSEN, DENN SIE HABEN EINEN NEUEN WEG NACH WESTEN GEFUNDEN."
PRINZ EISENHERZ ORDNET AN, DASS SEINE LEUTE FÜR DEN EINMARSCH IHRE FARBEN-PRÄCHTIGSTE KLEIDUNG ANLE-GEN. SEINEM SOHN ERKLÄRT ER: „DIE LEUTE LIEBEN DEN POMP. MIT UNSERER KLEINEN PARA-DE ERWERBEN WIR UNS MEHR RESPEKT ALS MIT EINER TAUSEND MANN STARKEN ZERLUMPTEN ARMEE."
SEIT DIE HUNNEN DIE HAUPTSTRASSE NACH WESTEN BLOCKIERT HABEN, SITZEN HÄNDLER AUS CHINA, PERSIEN, ARABIEN UND ROM IN DIESER OASE SAMT IHREN BERGEN AN SEIDE UND GEWÜRZEN FEST. JETZT KÖNNEN SIE ENDLICH WEG. VIELLEICHT IST ES ECHTER DANK, VIELLEICHT AUCH NUR DIE ERWARTUNG STATTLICHER PROFITE, DER SIE ZU DEM AUSRUF VERAN-LASST: „LANG LEBE PRINZ EISENHERZ, DER RETTER VON TURFAN."
4-24
© 1988 King Features Syndicate, Inc World rights reserved
2672
JOHN CULLEN MURPHY

HAL FOSTER'S
Prinz Eisenherz
BY JOHN CULLEN MURPHY
PRINZ EISENHERZ UND DIE RITTER DER TAFELRUNDE WERDEN IN TURFAN, DEM TOR NACH CHINA, WIE DIE VOLKSHELDEN BEGRÜSST. SEIT DIE HUNNEN VOR VIELEN MONATEN DIE HANDELSWEGE DURCHTRENNTEN, SIND SIE DIE ERSTEN BESUCHER AUS DEM WESTEN, DIE DIE HANDELSSTADT ERREICHEN.
„EIN NEUER WEG IST GEFUNDEN!" RUFEN DIE KAUFLEUTE. DER TRAUM VOM WOHLSTAND VERTREIBT ALP-TRÄUME VOM BANKROTT.
DOCH ES GILT AUCH, EINEN PREIS ZU ZAHLEN. PRINZ EISEN-HERZ ERKLÄRT: „NUR MEINE BEGLEITER UND ICH KENNEN DEN WEG. DAHER WERDEN ZWEI VON KÖNIG ARTHURS MÄNNERN ALLE REISEN NACH WESTEN UND ZURÜCK FÜHREN. ES GIBT KEINE LANDKARTEN. IHR SEID AUF UNS ANGEWIESEN."
„AM ENDE DER REISE BRINGEN EUCH SCHIFFE DES KÖNIGS IN DIE HÄFEN VON EUROPA. ALS DANK FÜR GROSSMUT UND KLUGHEIT DES KÖNIGS, DER EINEN NEUEN WEG NACH OSTEN SUCHTE, WERDET IHR VON ALLEN WAREN DEN ZEHNT ABFÜHREN."
JOHN CULLEN MURPHY 5-1
UNTER DEN KAUFLEUTEN IST VIEL UNMUT OB DES MONOPOLS DER HANDELSROUTEN. DOCH DIE ABMACHUNG IST FAIR. NACH DER VERWÜSTUNG, DIE MORDRED IN ARTHURS KÖNIGREICH BEWIRKT HAT, GIBT PRINZ EISENHERZ DEM ALTERNDEN MONARCHEN SO, WAS ER AM NÖTIGSTEN BRAUCHT: GOLD, UM SEIN REICH WIEDER AUFZUBAUEN.
© 1988 King Features Syndicate, Inc. World rights reserved
„KEINE LANDKARTEN? DAS KANN DOCH GAR NICHT SEIN!" MITTEN UNTER DEN KAUFLEUTEN STEHT DER VON DER REISE ARG MITGE-NOMMENE GRUBB. ER HAT EINE IDEE.
2673

HAL FOSTER'S
Prinz Eisenherz
BY JOHN CULLEN MURPHY
GRUBB UND SEINE KOMPLIZEN HABEN PRINZ EISENHERZ TAUSENDE VON MEILEN WEIT VERFOLGT. ES WAR EINE UNANGENEHME REISE. EINMAL WÄREN SIE FAST VON EINEM PFERD AUS WEIDENGEFLECHT ERSCHLAGEN WORDEN, DAS – MAN GLAUBT ES KAUM! – ÜBER EINE KLIPPE STÜRZTE UND NUR WENIGE ZENTIMETER NEBEN IHREM LAGER AUFGESCHLAGEN WAR.
DOCH NUN SIND GRUBB, DEXTER UND 'MULI' IN TURFAN. UND GRUBB BESCHLIESST, DASS ER DEN PROFIT AUS DER NEUEN HANDELSSTRASSE EINSTREICHEN WILL.
„SIE MÜSSEN LANDKARTEN HABEN", ERKLÄRT GRUBB. „WIR ENTWENDEN SIE UND VERKAUFEN SIE AN DIE KAUFLEUTE." VOM DACH SEINER HERBERGE AUS SIEHT GRUBB GALAN NACHTS ARBEITEN. ER MACHT WUNDERBARE KOPIEN DER KARTE, DIE ER UNTERWEGS ANGEFERTIGT HAT.
DIESE WERDEN DEN RITTERN DER TAFELRUNDE ANVERTRAUT, DIE ALS REISEFÜHRER ARBEITEN SOLLEN. ALS GALAN FERTIG IST, SCHLIESST ER DIE KARTEN WEG UND GEHT. „ES IST ALLES, WIE DU ES ANGEORDNET HAST", SAGT ER SEINEM VATER. „MÖGEN DIEBE AUF DER HUT SEIN."
DOCH GRUBB IST KEIN VORSICHTIGER MANN. ALS IN DIESER NACHT ALLE SCHLAFEN, LASSEN IHN DEXTER UND 'MULI' ZUM FENSTER HINAB.
IM ZIMMER FACKELT ER NICHT LANGE. ER BRICHT DEN SCHRANK AUF UND HAT DIE KARTEN VOR SICH.
© 1988 King Features Syndicate, Inc. World rights reserved
JOHN CULLEN MURPHY
DER LÄRM HAT GALAN AUFGEWECKT. „VATER", FLÜSTERT ER. „JEMAND HAT EINGEBROCHEN."
2674
5-8

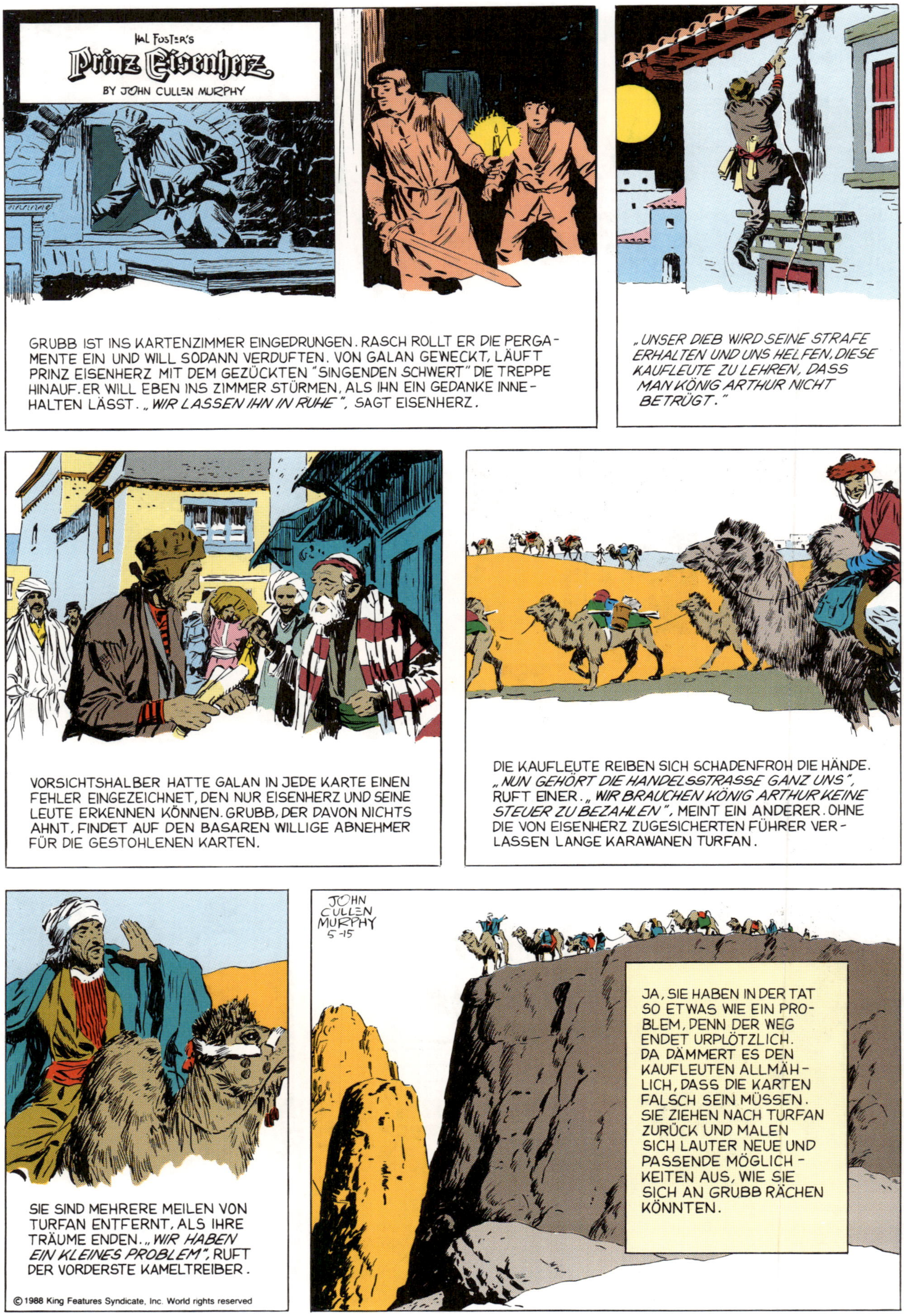
HAL FOSTER'S
Prinz Eisenherz
BY JOHN CULLEN MURPHY
GRUBB IST INS KARTENZIMMER EINGEDRUNGEN. RASCH ROLLT ER DIE PERGAMENTE EIN UND WILL SODANN VERDUFTEN. VON GALAN GEWECKT, LÄUFT PRINZ EISENHERZ MIT DEM GEZÜCKTEN "SINGENDEN SCHWERT" DIE TREPPE HINAUF. ER WILL EBEN INS ZIMMER STÜRMEN, ALS IHN EIN GEDANKE INNEHALTEN LÄSST. „WIR LASSEN IHN IN RUHE", SAGT EISENHERZ.
„UNSER DIEB WIRD SEINE STRAFE ERHALTEN UND UNS HELFEN, DIESE KAUFLEUTE ZU LEHREN, DASS MAN KÖNIG ARTHUR NICHT BETRÜGT."
VORSICHTSHALBER HATTE GALAN IN JEDE KARTE EINEN FEHLER EINGEZEICHNET, DEN NUR EISENHERZ UND SEINE LEUTE ERKENNEN KÖNNEN. GRUBB, DER DAVON NICHTS AHNT, FINDET AUF DEN BASAREN WILLIGE ABNEHMER FÜR DIE GESTOHLENEN KARTEN.
DIE KAUFLEUTE REIBEN SICH SCHADENFROH DIE HÄNDE. „NUN GEHÖRT DIE HANDELSSTRASSE GANZ UNS", RUFT EINER. „WIR BRAUCHEN KÖNIG ARTHUR KEINE STEUER ZU BEZAHLEN", MEINT EIN ANDERER. OHNE DIE VON EISENHERZ ZUGESICHERTEN FÜHRER VERLASSEN LANGE KARAWANEN TURFAN.
SIE SIND MEHRERE MEILEN VON TURFAN ENTFERNT, ALS IHRE TRÄUME ENDEN. „WIR HABEN EIN KLEINES PROBLEM", RUFT DER VORDERSTE KAMELTREIBER.
© 1988 King Features Syndicate, Inc. World rights reserved
JOHN CULLEN MURPHY 5-15
JA, SIE HABEN IN DER TAT SO ETWAS WIE EIN PROBLEM, DENN DER WEG ENDET URPLÖTZLICH. DA DÄMMERT ES DEN KAUFLEUTEN ALLMÄHLICH, DASS DIE KARTEN FALSCH SEIN MÜSSEN. SIE ZIEHEN NACH TURFAN ZURÜCK UND MALEN SICH LAUTER NEUE UND PASSENDE MÖGLICHKEITEN AUS, WIE SIE SICH AN GRUBB RÄCHEN KÖNNTEN.

HAL FOSTER'S
Prinz Eisenherz
BY JOHN CULLEN MURPHY
DIE HÄNDLER KEHREN NACH TURFAN ZURÜCK. SIE SIND AUF GRUBB WÜTEND, VON DEM SIE GETÄUSCHT WURDEN... NACHDEM IHN PRINZ EISENHERZ ÜBERLISTET HATTE. SIE FINDEN GRUBB AN DEN FLEISCHTÖPFEN TURFANS, WO ER KEINE ZEIT VERSCHWENDET HAT, EINEN ANWENDUNGSZWECK FÜR DIE VIELEN GOLDBEUTEL ZU FINDEN, DIE MAN IHM FÜR DIE GESTOHLENEN LANDKARTEN GEGEBEN HATTE.
GRUBB GENIESST GERADE EINEN KRÄFTIGEN RÜLPSER, ALS ER DIE NAHENDE MENGE ERBLICKT. „O JE", SAGT ER NERVÖS.
EISENHERZ HAT DIE ANKUNFT DER KAUFLEUTE GESEHEN UND AHNT SCHON, WAS SIE VORHABEN. HÖCHSTE ZEIT, DASS ER EINGREIFT. INDEM ER AN EINEM ODER ZWEI DER HEISSSPORNE EIN EXEMPEL STATUIERT, BRINGT ER DIE ANDEREN DAZU, SICH WIE EINE HERDE SCHAFE ZU ZERSTREUEN.
„GEBT DIESEM SCHURKEN NICHT DIE ALLEINIGE SCHULD AN EUREM ERLEBNIS", SAGT EISENHERZ ZU DEN KAUFLEUTEN. „EURE HABGIER IST EBENSO SCHULD. ICH BIETE EUCH NOCH EINMAL DIE BENUTZUNG VON KÖNIG ARTHURS STRASSE AN... ABER ZU SEINEM PREIS UND MIT SEINEN REISEFÜHRERN."
„WAS DICH UND DEINE FREUNDE ANGEHT", SAGT EISENHERZ ZU GRUBB, „SO ERSCHEINEN MIR DER VERLUST EURES GEWINNS UND EINIGE TAGE IM 'HOLZKRAGEN' EIN GERECHTER LOHN."
2676
JOHN CULLEN MURPHY 5-22
DER HOLZKRAGEN! IN DEN PAAR TAGEN DES AUFENTHALTS IN TURFAN HATTE EISENHERZ DIESES CHINESISCHE FOLTERWERKZEUG SCHON SEHEN KÖNNEN, DAS ESSEN UND SCHLAFEN UNMÖGLICH MACHT. ETWAS SPÄTER SAGT YUAN CHEN: „LASST UNS ZU DEN WUNDERN CHINAS WEITERREISEN. DENN DER KAISER HAT VON UNS GEHÖRT UND GEBIETET UNS, ZU IHM ZU KOMMEN."
© 1988 King Features Syndicate, Inc. World rights reserved

HAL FOSTER'S
Prinz Eisenherz
BY JOHN CULLEN MURPHY
EIN GROSSTEIL DER BEGLEITER VON PRINZ EISENHERZ BLEIBT IN TURFAN, UM REISEGRUPPEN ZU FÜHREN UND DEN HANDELSFLUSS ZU LEITEN. DOCH PRINZ EISENHERZ ZIEHT MIT YUAN CHEN, GALAN UND RITTER GAWAIN WEITER NACH OSTEN. IHR ZIEL: NANKING ...
... DIE HAUPTSTADT DES SÜDLICHEN KÖNIGREICHS, ZUGLEICH DIE HEIMATSTADT DES GROSSEN UND HOCHGESCHÄTZTEN KAISERS WU TI.
„MEIN VOLK LEBT IN SCHWEREN ZEITEN", ERLÄUTERT YUAN CHEN. „DENN UNSER LAND IST IN NORDEN UND SÜDEN GETEILT."
„IM NORDEN HERRSCHEN DIE SÖHNE VON BARBAREN, DIE SICH UNTEREINANDER SEHR BEKRIEGEN. ES SCHEINT FAST, ALS HÄTTEN SIE JEDES JAHR EINEN NEUEN KAISER. SO WAR DAS AUCH IM SÜDEN, BIS WU TI DEN THRON BESTIEG."
ALS SIE DURCH DIE PROVINZ REITEN, DIE YUAN CHEN KANSU NENNT, BLICKT EISENHERZ VERWUNDERT AUF EINE FELSWAND, AUS DER MAN EINE ART TEMPEL HERAUSGEHAUEN HAT. „DAS IST DIE GALERIE DER TAUSEND BUDDHAS", ERKLÄRT YUAN CHEN. „DIE ANHÄNGER BUDDHAS HABEN SICH IN JÜNGSTER ZEIT IN MEINEM LANDE SEHR VERMEHRT. IHR WERDET SEHEN – DER KAISER IST EINER VON IHNEN."
2677
©1988 King Features Syndicate, Inc. World rights reserved
JOHN CULLEN MURPHY 5-29

HAL FOSTER'S
Prinz Eisenherz
BY JOHN CULLEN MURPHY
DER WEG VON TURFAN NACH NANKING IST LANG UND BESCHWERLICH. DOCH ÜBERALL SIND WUNDER ZU SEHEN, DIE DIE PHANTASIE BEFLÜGELN. EINES TAGES KOMMEN SIE AN EINER EISENHÜTTE VORBEI, DEREN BLASEBALG VON EINEM FLUSS ANGETRIEBEN WIRD. *„SO ETWAS GIBT ES BEI UNS ZU HAUSE NICHT"*, SAGT EISENHERZ BEWUNDERND.
© 1988 King Features Syndicate, Inc. World rights reserved
EIN ANDERMAL WILL EISENHERZ VON EINEM HÄNDLER GEBÄCK KAUFEN. *„HIER"*, SAGT YUAN CHEN. *„GIB IHM DAS!"*
PRINZ EISENHERZ LACHT ÜBER SEINEN GEFÄHRTEN. *„HÄLTST DU MICH FÜR EINEN NARREN? DER HÄNDLER WILL SICHER GELD."* YUAN CHEN LÄCHELT UND SAGT: *„TU NUR, WAS ICH DIR GESAGT HABE."* ZU EISENHERZ' ÜBERRASCHUNG NIMMT DER HÄNDLER DEN ZETTEL AN. *„BEI UNS"*, ERKLÄRT YUAN CHEN …
„… GIBT ES GELD AUS PAPIER." – *„PAPIER?"* FRAGT EISENHERZ. *„WAS IST PAPIER?"* BEI EINEM IN DER NÄHE BEHAUSTEN PAPIERMACHER ERKLÄRT YUAN CHEN, WIE AUS BAUMRINDE, BAMBUS UND ANDEREN PFLANZEN EIN BREI ANGERÜHRT WIRD, DEN MAN ABSCHÖPFT UND AUF DÜNNEN SIEBEN TROCKNET.
EINES NACHTS BEMERKT GALAN VIELE FUNKELNDE LICHTER AUF EINEM BREITEN FLUSS. *„DIE FISCHER SIND MIT IHREN KORMORANEN UNTERWEGS"*, ERKLÄRT YUAN CHEN. *„WEISST DU, DIE KORMORANE SIND AN SCHNÜREN ANGEBUNDEN UND TAUCHEN NACH FISCHEN. DIE FISCHER STREIFEN DEN VÖGELN RINGE ÜBER DEN HALS, DAMIT SIE DIE FISCHE NICHT VERSCHLUCKEN KÖNNEN."*
JOHN CULLEN MURPHY 6-5
„RAFFINIERT", DENKT GALAN. CHINA SCHEINT WIRKLICH EIN LAND VOLLER SCHLAUER LEUTE ZU SEIN. GALAN IST ZU HÖCHSTER AUFMERKSAMKEIT ENTSCHLOSSEN.
2678

HAL FOSTER'S
Prinz Eisenherz
BY JOHN CULLEN MURPHY
ENDLICH GELANGEN PRINZ EISENHERZ UND SEINE GEFÄHRTEN AN EINEN BREITEN STROM. „DAS IST DER JANGTSE", SAGT YUAN CHEN. „ER IST DIE WICHTIGSTE TRANSPORTSTRASSE CHINAS. AUF SEINEM WEG INS MEER TEILT ER UNSER LAND IN ZWEI HÄLFTEN. VON MENSCHEN AUSGEHOBENE KANÄLE VERBINDEN DEN FLUSS MIT DEM HOHEN NORDEN UND DEM TIEFEN SÜDEN."
DIE REISE WIRD NUN LEICHTER, DENN DER JANGTSE WIRD VON VIELEN SCHIFFEN BEFAHREN. YUAN CHEN TRIFFT EINE ABMACHUNG MIT EINEM KAUFMANN.
„NACH NANKING? ABER NATÜRLICH FAHRE ICH AUCH DORTHIN." DER ALTE SCHAUT PRINZ EISENHERZ FRAGEND AN UND FLÜSTERT YUAN CHEN INS OHR: „SAGT MIR DIE WAHRHEIT. DER MANN IST DOCH GEWISS PRESTER JOHN!" YUAN CHEN BEDEUTET DEM MANN, DASS ER SICH IRRT.
MEHRERE MEILEN FLUSSABWÄRTS SIEHT EISENHERZ NAHE DER DOCKS EINEN GEOMANTEN. „DIE GEOMANTEN GLAUBEN VIELE MERKWÜRDIGE DINGE", SAGT YUAN CHEN. „UND DOCH KANN ICH NICHT LEUGNEN, DASS SIE SCHMERZEN WEGNEHMEN KÖNNEN, INDEM SIE EINEN MIT NADELN PIEKSEN."
2679
DER GEOMANT WANKT, ALS ER EISENHERZ GEWAHR WIRD. „PRESTER JOHN", RUFT ER. „JA, PRESTER JOHN IST GEKOMMEN."
JOHN CULLEN MURPHY 6-12
WO IMMER EISENHERZ AM JANGTSE STATION MACHT, BLICKT MAN IHN MIT GERUNZELTEN AUGENBRAUEN AN, UND DIE LEUTE TUSCHELN: „SEHT, DA IST PRESTER JOHN. ER IST VON DEN BERGEN HERUNTERGEKOMMEN." UND YUAN CHEN SAGT ZU EISENHERZ: „ICH WILL DIR EINE GESCHICHTE ERZÄHLEN. DIE GESCHICHTE VON PRESTER JOHN."
© 1988 King Features Syndicate Inc. World rights reserved
2679

HAL FOSTER'S
Prinz Eisenherz
BY JOHN CULLEN MURPHY
ÜBERALL ENTLANG DES JANGTSE NACH NANKING WIRD PRINZ EISENHERZ MIT EINEM MANN NAMENS PRESTER JOHN VERWECHSELT. YUAN CHEN HAT DIE ERKLÄRUNG PARAT: „VOR GAR NICHT VIELEN JAHREN KAM EIN MANN VON WEIT AUS DEM WESTEN IN UNSER LAND... SO WIE DU."
„PRESTER JOHN HATTE EIN AUSDRUCKSSTARKES GESICHT, DAS VIELEN MENSCHEN IN CHINA VON GEMÄLDEN UND HOLZSCHNITTEN BEKANNT IST."
„ES HEISST, ER WÄRE WEGEN SEIDE UND GEWÜRZEN GEKOMMEN. DOCH ES HERRSCHTE BÜRGERKRIEG, UND DA GAB ES FÜR EINEN EHRGEIZIGEN MANN VIELE GÜNSTIGE GELEGENHEITEN. MAN GLAUBT, DASS PRESTER JOHN SICH IN DEN DIENST EINES ALTERNDEN KRIEGSHERRN STELLTE, DER KEINE SÖHNE HATTE..."
„ALS DER ALTE MANN STARB, ERBTE PRESTER JOHN DIE LÄNDEREIEN DES KRIEGSHERRN... SO WIRD ZUMINDEST ERZÄHLT. DANN SOLL ER SICH ZUM KÖNIG ERNANNT UND SEIN GROSSES REICH IN DEN BERGEN VOM REST DER WELT ABGESCHNITTEN HABEN. ZUMINDEST BEHAUPTET MAN DAS."
„DOCH IM GRUNDE GENOMMEN IST ALL DAS NUR GERÜCHT. GANZ SICHER WISSEN WIR NUR, DASS ER IN CHINA ANKAM UND GROSSES AUFSEHEN ERREGTE, DENN MENSCHEN AUS DEM WESTEN SIND ETWAS NEUES FÜR UNS. UND EINES TAGES VERSCHWAND ER EINFACH. HERRSCHT DIESER MANN AUS DEM WESTEN NUN ÜBER EIN SAGENUMWOBENES BERGREICH? VIELLEICHT."
JOHN CULLEN MURPHY 6-19
2680
„VIELLEICHT IST ER ABER AUCH MIT SEIDE UND GEWÜRZEN NACH VENEDIG ZURÜCKGEKEHRT UND FÜHRT DORT EIN KLEINES GESCHÄFT. NIEMAND WEISS ES."
2680
© 1988 King Features Syndicate, Inc. World rights reserved

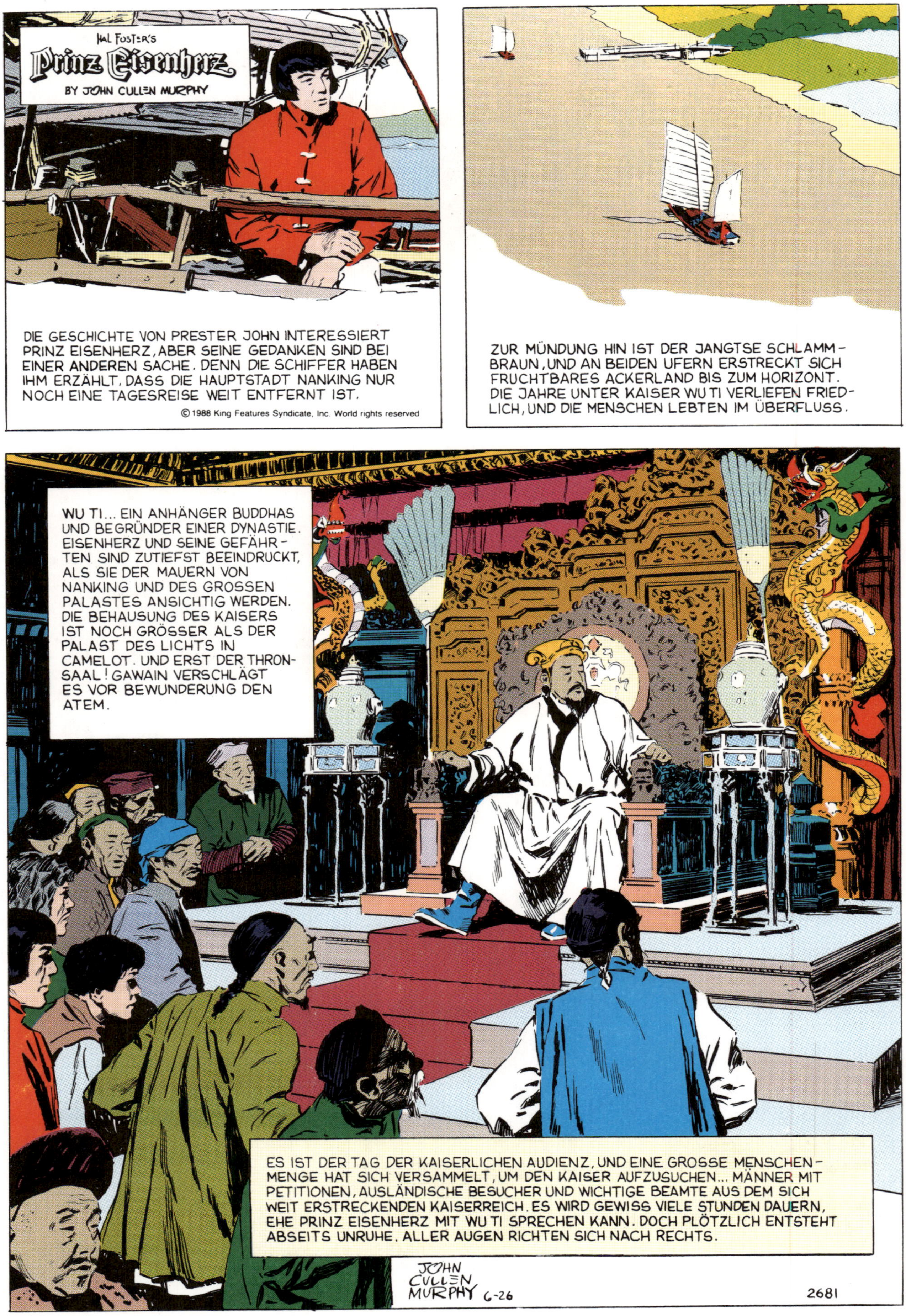

HAL FOSTER'S
Prinz Eisenherz
BY JOHN CULLEN MURPHY
DIE GESCHICHTE VON PRESTER JOHN INTERESSIERT PRINZ EISENHERZ, ABER SEINE GEDANKEN SIND BEI EINER ANDEREN SACHE. DENN DIE SCHIFFER HABEN IHM ERZÄHLT, DASS DIE HAUPTSTADT NANKING NUR NOCH EINE TAGESREISE WEIT ENTFERNT IST.
© 1988 King Features Syndicate, Inc. World rights reserved
ZUR MÜNDUNG HIN IST DER JANGTSE SCHLAMM-BRAUN, UND AN BEIDEN UFERN ERSTRECKT SICH FRUCHTBARES ACKERLAND BIS ZUM HORIZONT. DIE JAHRE UNTER KAISER WU TI VERLIEFEN FRIED-LICH, UND DIE MENSCHEN LEBTEN IM ÜBERFLUSS.
WU TI... EIN ANHÄNGER BUDDHAS UND BEGRÜNDER EINER DYNASTIE. EISENHERZ UND SEINE GEFÄHR-TEN SIND ZUTIEFST BEEINDRUCKT, ALS SIE DER MAUERN VON NANKING UND DES GROSSEN PALASTES ANSICHTIG WERDEN. DIE BEHAUSUNG DES KAISERS IST NOCH GRÖSSER ALS DER PALAST DES LICHTS IN CAMELOT. UND ERST DER THRON-SAAL! GAWAIN VERSCHLÄGT ES VOR BEWUNDERUNG DEN ATEM.
ES IST DER TAG DER KAISERLICHEN AUDIENZ, UND EINE GROSSE MENSCHEN-MENGE HAT SICH VERSAMMELT, UM DEN KAISER AUFZUSUCHEN... MÄNNER MIT PETITIONEN, AUSLÄNDISCHE BESUCHER UND WICHTIGE BEAMTE AUS DEM SICH WEIT ERSTRECKENDEN KAISERREICH. ES WIRD GEWISS VIELE STUNDEN DAUERN, EHE PRINZ EISENHERZ MIT WU TI SPRECHEN KANN. DOCH PLÖTZLICH ENTSTEHT ABSEITS UNRUHE. ALLER AUGEN RICHTEN SICH NACH RECHTS.
JOHN CULLEN MURPHY 6-26
2681

HAL FOSTER'S
Prinz Eisenherz
BY JOHN CULLEN MURPHY
WÄHREND WU TIS AUDIENZ KOMMT ES ZU EINER STÖRUNG. DIE KAISERLICHEN GEOMANTEN, DSCHU DI UND TIM WAH, SIND IN DEN THRONSAAL GEKOMMEN. SIE WIRKEN BESTÜRZT. „OH WEH UND ACH! OH WEH!" JAMMERN SIE. KAISER WU TI VERDREHT DIE AUGEN. „WAS IST DENN NUN SCHON WIEDER?" FRAGT ER UNGEDULDIG.
DOCH DIE MENSCHENMENGE IST BEUNRUHIGT, DENN GEOMANTEN SIND SEHR WEISE UND STEHEN IN KONTAKT MIT DEN GROSSEN GEISTERN. „ES GAB EIN SCHRECKLICHES OMEN", SAGT DSCHU DI.
„ES GIBT EIN NATURGESETZ, DEMZUFOLGE ES IMMER REGNET, WENN IHR EUREN HUT VERGESST, ODER ETWAS, DAS VERLOREN WAR, IMMER ERST DANN WIEDERFINDET, WENN IHR ES NICHT MEHR BRAUCHT. NUN, HEUTE HABE ICH HONIG AUF EINEN KLEINEN KUCHEN GESTRICHEN ..."
„... UND ER FIEL MIR AUS DER HAND. ABER DIE SEITE MIT DEM HONIG FIEL NICHT IN DEN SCHMUTZ, SONDERN KAM OBEN ZU LIEGEN!" DIE MELDUNG LÄSST DIE MENGE ERSCHAUERN. „SO ETWAS IST JA NOCH NIE VORGEKOMMEN", RUFT JEMAND. „ZUMINDEST BIS JETZT NOCH NICHT", SAGT DSCHU DI KOPFSCHÜTTELND.
„SEHT", SAGT TIM WAH UND STRECKT SEINE HAND AUS. „DER HONIG IST UNBERÜHRT UND NICHT BESCHMUTZT."
©1988 King Features Syndicate, Inc. World rights reserved
JOHN CULLEN MURPHY 7-3
TOTENSTILLE KEHRT IM SAAL EIN. ETWAS, DAS SEIT EWIGEN ZEITEN FÜR WAHR GEHALTEN WORDEN WAR, IST WIDERLEGT WORDEN. EISENHERZ MUSS LÄCHELN, ALS IHM YUAN CHEN ERKLÄRT, WAS VORGEFALLEN IST. „VIELLEICHT HAT DSCHU DI DEN HONIG NUR AUF DIE FALSCHE SEITE GESTRICHEN", SAGT ER. YUAN CHEN ÜBERSETZT DIES DER MENGE.
2682

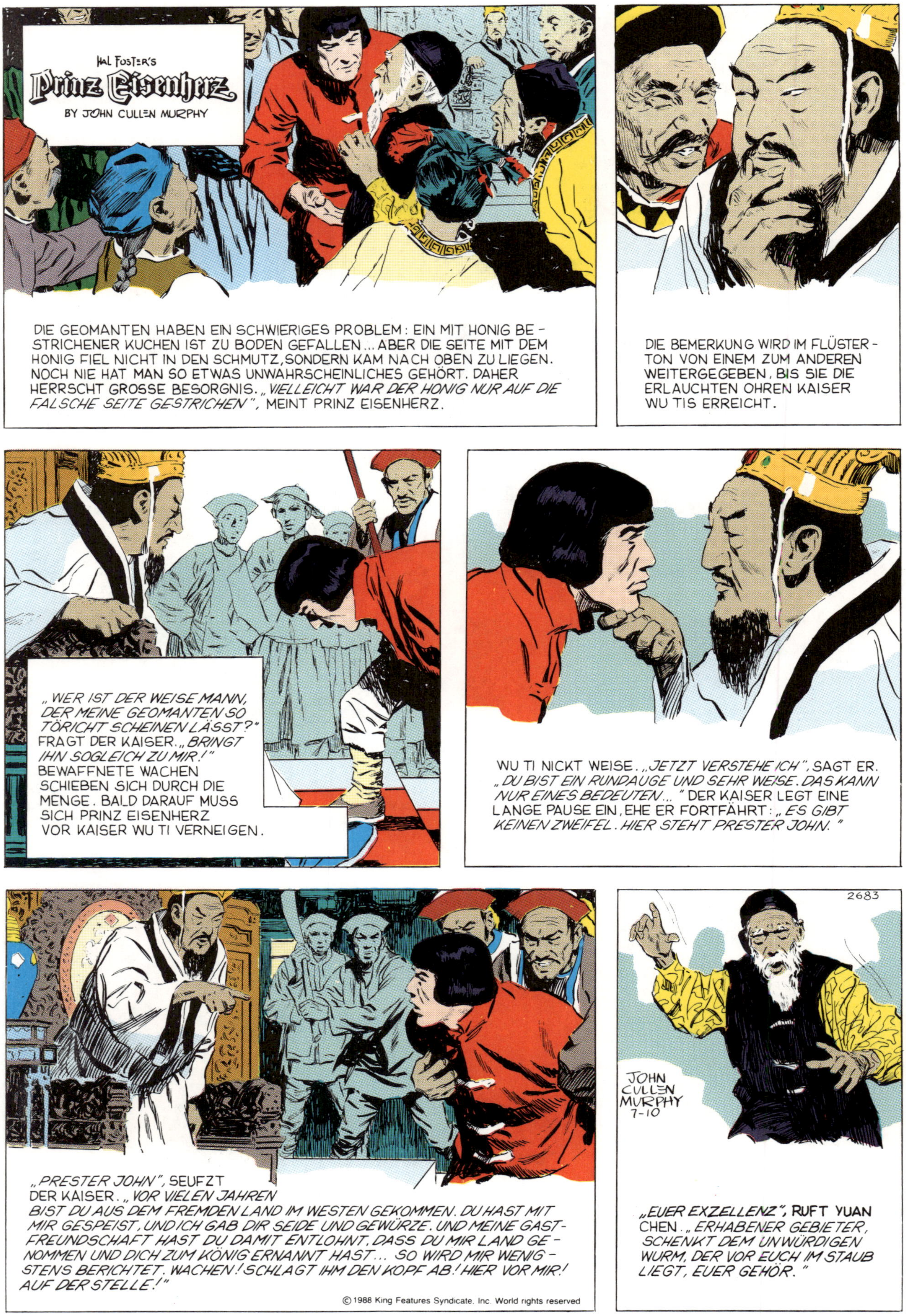
HAL FOSTER'S
Prinz Eisenherz
BY JOHN CULLEN MURPHY
DIE GEOMANTEN HABEN EIN SCHWIERIGES PROBLEM: EIN MIT HONIG BESTRICHENER KUCHEN IST ZU BODEN GEFALLEN ... ABER DIE SEITE MIT DEM HONIG FIEL NICHT IN DEN SCHMUTZ, SONDERN KAM NACH OBEN ZU LIEGEN. NOCH NIE HAT MAN SO ETWAS UNWAHRSCHEINLICHES GEHÖRT. DAHER HERRSCHT GROSSE BESORGNIS. „VIELLEICHT WAR DER HONIG NUR AUF DIE FALSCHE SEITE GESTRICHEN", MEINT PRINZ EISENHERZ.
DIE BEMERKUNG WIRD IM FLÜSTERTON VON EINEM ZUM ANDEREN WEITERGEGEBEN, BIS SIE DIE ERLAUCHTEN OHREN KAISER WU TIS ERREICHT.
„WER IST DER WEISE MANN, DER MEINE GEOMANTEN SO TÖRICHT SCHEINEN LÄSST?" FRAGT DER KAISER. „BRINGT IHN SOGLEICH ZU MIR!" BEWAFFNETE WACHEN SCHIEBEN SICH DURCH DIE MENGE. BALD DARAUF MUSS SICH PRINZ EISENHERZ VOR KAISER WU TI VERNEIGEN.
WU TI NICKT WEISE. „JETZT VERSTEHE ICH", SAGT ER. „DU BIST EIN RUNDAUGE UND SEHR WEISE. DAS KANN NUR EINES BEDEUTEN ..." DER KAISER LEGT EINE LANGE PAUSE EIN, EHE ER FORTFÄHRT: „ES GIBT KEINEN ZWEIFEL. HIER STEHT PRESTER JOHN."
„PRESTER JOHN", SEUFZT DER KAISER. „VOR VIELEN JAHREN BIST DU AUS DEM FREMDEN LAND IM WESTEN GEKOMMEN. DU HAST MIT MIR GESPEIST, UND ICH GAB DIR SEIDE UND GEWÜRZE. UND MEINE GASTFREUNDSCHAFT HAST DU DAMIT ENTLOHNT, DASS DU MIR LAND GENOMMEN UND DICH ZUM KÖNIG ERNANNT HAST ... SO WIRD MIR WENIGSTENS BERICHTET. WACHEN! SCHLAGT IHM DEN KOPF AB! HIER VOR MIR! AUF DER STELLE!"
© 1988 King Features Syndicate, Inc. World rights reserved
2683
JOHN CULLEN MURPHY 7-10
„EUER EXZELLENZ", RUFT YUAN CHEN. „ERHABENER GEBIETER, SCHENKT DEM UNWÜRDIGEN WURM, DER VOR EUCH IM STAUB LIEGT, EUER GEHÖR."

HAL FOSTER'S
Prinz Eisenherz
BY JOHN CULLEN MURPHY
EINEN AUGENBLICK LANG HAT YUAN CHEN DIE AUFMERKSAMKEIT DES KAISERS AUF SICH GELENKT. „O ALLMÄCHTIGER, VERGLICHEN MIT EURER STRAHLENDEN HERRLICHKEIT BIN ICH NUR EIN WINZIGES INSEKT. DOCH IST ES MÖGLICH, DASS IHR, DER ALLWISSENDE, ÜBEREILT GEURTEILT HABT? DENN VIELLEICHT IST DIESER MANN EIN ANDERES RUNDAUGE UND NICHT PRESTER JOHN."
„UNMÖGLICH!" BRÜLLT WU TI. „ICH VERGESSE NIE EIN GESICHT. WACHEN! SCHLAGT PRESTER JOHN UND AUCH DIESEM MANN DEN KOPF AB!"
„EUER ERHABENHEIT", SAGT YUAN CHEN SCHNELL. „ICH BIN JA NUR EINE HÄSSLICHE SCHNECKE, ABER IHR SOLLTET DOCH WISSEN, DASS NOCH EIN RUNDAUGE IM SAAL IST. VIELLEICHT IST ER PRESTER JOHN." DABEI ZEIGT YUAN CHEN AUF RITTER GAWAIN.
„HMMM", SAGT DER KAISER. „VIELLEICHT HAST DU RECHT. JENER DORT KÖNNTE AUCH PRESTER JOHN SEIN. ES IST SCHON SO VIELE JAHRE HER. UND DIESE RUNDAUGEN SEHEN SICH ALLE SEHR ÄHNLICH. NUN GUT... WACHEN! ENTHAUPTET DIE BEIDEN FREMDEN. EINER VON IHNEN IST GANZ GEWISS PRESTER JOHN."
2684
„O ALLWEISER", FLEHT YUAN CHEN. „ICH BIN NUR EINE SCHLEIMIGE KRÖTE, ABER KÖNNTE ES NICHT SEIN, DASS ES EINE NÜTZLICHERE LÖSUNG GIBT?"
JOHN CULLEN MURPHY 7-17
„WAS IN ALLER WELT REDEN DIE DA?" FRAGT SICH GAWAIN. „ICH VERSTEHE KEIN WORT." – „ES FÄLLT IMMER WIEDER DER NAME PRESTER JOHN. UND WU TI SIEHT NICHT SEHR GLÜCKLICH AUS", MEINT PRINZ EISENHERZ. SCHLIESSLICH HAT YUAN CHEN SEINEN VORSCHLAG VORGETRAGEN, UND DER KAISER NICKT BEIFÄLLIG: „NUN GUT... WACHEN! BRINGT DEN JUNGEN HER!"
© 1988 King Features Syndicate, Inc. World rights reserved

HAL FOSTER'S
Prinz Eisenherz
BY JOHN CULLEN MURPHY
UM DEN HALS VON PRINZ EISENHERZ UND RITTER GAWAIN ... UND NATÜRLICH AUCH SEINEN EIGENEN ... ZU RETTEN, HAT YUAN CHEN KAISER WU TI EINEN VORSCHLAG UNTERBREITET. DIE SOLDATEN MACHEN GALAN IN DER MENSCHENMENGE AUSFINDIG UND GELEITEN IHN VOR DEN THRON. YUAN CHEN ÜBERSETZT SEINEN FREUNDEN, WAS DER KAISER ZU SAGEN HAT.
„DIESER JUNGE, DER SOHN DES MANNES, DEN ICH - VIELLEICHT IRRTÜMLICH - PRESTER JOHN GENANNT HABE, WIRD ALS MEINE GEISEL IN MEINEM PALAST WOHNEN."
„IHR ANDEREN RUNDAUGEN STEIGT HINAUF IN DIE BERGE UND SUCHT DORT PRESTER JOHN UND SEIN KÖNIGREICH. DANN BRINGT IHR PRESTER JOHN HIERHER ZU MIR, DAMIT ICH IHM SEINEN VERRAT HEIMZAHLEN KANN. ERST DANN LASSE ICH DEN JUNGEN WIEDER FREI."
„HERVORRAGEND", SAGT RITTER GAWAIN MIT EISIGER STIMME. „EINFACH HERVORRAGEND." PRINZ EISENHERZ ÜBERHÖRT DEN VORWURF SEINES FREUNDES. ER WENDET SICH ZU GALAN. „WIR LASSEN DICH NICHT IM STICH. WIR FINDEN PRESTER JOHN, WO IMMER ER AUCH SEIN MAG. NÜTZE IN DER ZWISCHENZEIT DIE GELEGENHEIT ZUM LERNEN, DENN IN DIESEM LAND GIBT ES FÜR UNS VIEL ZU LERNEN."
JOHN CULLEN MURPHY 7-24
DIE CHRONIKEN BERICHTEN, DASS GALAN SEINE GEFANGENSCHAFT WEISE NUTZTE. DER KAISERPALAST IST SEIN GEFÄNGNIS. ER IST EIN GOLDENER KÄFIG, ABER EBEN DOCH EIN KÄFIG. ABER DIE KÜNSTLER UND GELEHRTEN BEI HOFE SIND FREUNDLICHE LEUTE. GALAN VERTRAUT SEINEM VATER. DAHER BESCHLIESST ER, DIE GEFAHR ZU VERGESSEN UND ES SICH GUTGEHEN ZU LASSEN.
2685
© 1988 King Features Syndicate, Inc. World rights reserved
AM NÄCHSTEN MORGEN VERLÄSST PRINZ EISENHERZ MIT SEINEN GEFÄHRTEN DEN KAISERLICHEN PALAST. SIE REITEN ZU DEN BERGEN ... UND ZU PRESTER JOHN.

HAL FOSTER'S
Prinz Eisenherz
BY JOHN CULLEN MURPHY
IM WESTLICHEN CHINA HATTE MAN LETZTMALS KUNDE VON PRESTER JOHN. HIER MACHT SICH PRINZ EISENHERZ NUN AUF DIE SUCHE NACH SEINEM SAGENUMWOBENEN KÖNIGREICH. WU TI HAT EISENHERZ TRÄGER UND FÜHRER MITGEGEBEN. DOCH IN DEN VORBERGEN KOMMEN SIE ZU EINEM FRIEDHOF. DIE TRÄGER WERDEN UNRUHIG. YUAN CHEN ÜBERSETZT, WAS EIN GEOMANT AUS DER UMGEBUNG ZU SAGEN HAT:
„SEHT MEINEN KOMPASS. DIE LEUTE HIER SIND UNBEGRABEN, DA ES SCHLECHTE OMEN GIBT. AN DIESEM ORT GIBT ES SCHON LANGE KEIN GUTES OMEN MEHR."
ERST LASSEN EINZELNE TRÄGER EISENHERZ UND SEINE GEFÄHRTEN IM STICH, DANN GANZE GRUPPEN. SIE WISSEN, DASS ES EINE FINSTERE UND EINE LICHTE MACHT IM UNIVERSUM GIBT. UND IN DIESER GEGEND SCHEINT DIE FINSTERE MACHT GESIEGT ZU HABEN. EISENHERZ ZIEHT WEITER, DENN GALANS LEBEN HÄNGT VON IHM AB.
SIE REITEN IMMER HÖHER IN DIE BERGE HINAUF. DIE ZEICHEN WERDEN IMMER SCHLECHTER. EIN GEISTERHAFTER WÄCHTER SITZT NEBEN EINER UMGESTOSSENEN KAISERLICHEN STRASSENMARKIERUNG. EINE WARNUNG? PLÖTZLICH RUFT EISENHERZ ENTSETZT: „FLIEHT!"
JOHN CULLEN MURPHY 7-31
IST DAS WIRKLICH MÖGLICH? UM EINE WEGBIEGUNG HERUM SCHIEBT SICH ETWAS, DAS WIE ... WIE EIN DRACHE AUSSIEHT, AUS DESSEN NÜSTERN RAUCH QUILLT. ZU EINEM PLÖTZLICHEN, HEFTIGEN **FAUCHEN** SCHIESST EINE FEUERZUNGE AUF DER SUCHE NACH EINER MAHLZEIT AUS DEM RIESENMAUL. ALS EISENHERZ UND SEINE GEFÄHRTEN DEN WEG HINUNTERSTÜRZEN, STIEBEN FUNKEN AUS IHRER KLEIDUNG.
AN DIESER STELLE UNTERBRECHEN DIE CHRONIKEN IHREN BERICHT ÜBER PRINZ EISENHERZ IN CHINA, DENN ES SOLLTEN VIELE MONATE VERGEHEN, EHE EIN ZÄHER ALTER SEEMANN WEITERE KUNDE AUS JENEM FERNEN LAND BRINGEN SOLLTE. DOCH ES GAB AUCH VIEL ÜBER ARN UND MAEVE ZU BERICHTEN. UND SO GRIFFEN DIE CHRONISTEN ZU IHREN FEDERN.
2686
©1988 King Features Syndicate, Inc. World rights reserved

HAL FOSTER'S
Prinz Eisenherz
BY JOHN CULLEN MURPHY
IM GROSSEN, LEDERGEBUNDENEN BUCH DER CHRONIKEN, IN DEM DIE SAGE VOM 'SINGENDEN SCHWERT' AUFGEZEICHNET IST, WENDEN SICH DIE ERZÄHLER VON DER SUCHE NACH PRESTER JOHN IM FERNEN CHINA HIN ZU EINEM NÄHERLIEGENDEN THEMA ... IN BRITANNIEN. SIE LENKEN UNSER AUGENMERK AUF DIE LÄNDEREIEN VON ORR, WO ...
... PRINZ ARN ALS KÖNIG ARTHURS STATTHALTER DESSEN GÜTER VERWALTET. ER HAT SICH DORT MIT SEINER BRAUT NIEDERGE-LASSEN.
AH! DIE ERSTE ZEIT IN DER EHE! ARN IST NOCH NIE ZUVOR SO GLÜCKLICH GEWESEN. SELBST DIE EINFACHSTEN AUFGABEN WIRKEN WIE EIN ZAUBER, WENN SIE IN MAEVES GESELLSCHAFT VERRICHTET WERDEN. SO KÖNNTE ARN MAEVE STUNDENLANG ZUSEHEN, WIE SIE IHR HAAR KÄMMT.
ABER MAEVE TEILT ZUGEGEBENERMASSEN ARNS HOCHSTIMMUNG NICHT IMMER. DENN SIE IST EINE UNABHÄNGIGE FRAU, UND DAS LEBEN AN DER SEITE EINES PRINZEN BRINGT REGELN UND PFLICHTEN MIT SICH. ES GELINGT IHR NICHT, MIT DEN ANDEREN DAMEN VON ORR PLAUDERSTÜNDCHEN ZU HALTEN.
EINES TAGES VERGISST SIE BEI EINEM ADELIGEN BESUCHER DIE VERBEUGUNG UND BEGRÜSST IHN STATTDESSEN SO, WIE DAS UNTER RITTERN ÜBLICH WÄRE.
JOHN CULLEN MURPHY 8-7
2687
DENN MAEVE HATTE LANGE JAHRE ALLEIN AUF EINER ABGELEGENEN INSEL GELEBT UND SICH SELBST DURCHS LEBEN GESCHLAGEN. SIE KANN SICH NICHT ÜBER NACHT ÄNDERN. ALS MAEVE MIT ARN UND DEN MÄNNERN VON ORR AUF EINEN JAGDAUSFLUG GEHEN WILL, MURREN VIELE ... EINE FRAU! ... ABER SCHLIESSLICH GEBEN DIE JÄGER NACH.
©1988 King Features Syndicate, Inc. World rights reserved

HAL FOSTER'S
Prinz Eisenherz
BY JOHN CULLEN MURPHY
DIE ERNTEZEIT NAHT. ZUSAMMEN MIT EINIGEN LANDADELIGEN BEGIBT SICH PRINZ ARN AUF DIE JAGD. MAEVE HAT DARAUF BESTANDEN, MIT AUF DIE JAGD ZU GEHEN. DEN MÄNNERN VON ORR MISSFÄLLT DIESE EINMISCHUNG IN IHR REVIER ZWAR, DOCH BALD BESCHÄFTIGEN SIE ANDERE DINGE.
„SHERIFF," RUFT ARN, „SEID IHR MANNS GENUG, DEN REHBOCK DORT ZU ERLEGEN ?"
DER SHERIFF VON ORR, SIR GUY, IST DER REICHSTE ADELIGE DER UMGEBUNG ... UND NACH ARN DER MÄCHTIGSTE. ARN WEISS, DASS ER SIR GUY WIE EIN ROHES EI BEHANDELN MUSS. „JA, HERR STATTHALTER", SAGT DER SHERIFF. „DEN ERLEGE ICH!"
SIR GUY KOMMT DEM SPRINGENDEN TIER IMMER NÄHER. MIT DER BEI VIELEN JAGDEN GEWONNENEN ERFAHRUNG LEGT ER DEN BOGEN AN UND ZIELT. ABER JUST ALS ER DEN PFEIL VON DER SEHNE SCHWIRREN LÄSST, TRITT SEIN PFERD IN EINEN KANINCHENBAU, SO DASS SEIN PFEIL DAS ZIEL VERFEHLT.
„PECH", SAGT MAEVE. UND OHNE EIN WEITERES WORT ZU VERLIEREN, ZIEHT SIE EINEN PFEIL AUS IHREM KÖCHER.
2688
JOHN CULLEN MURPHY 8-14
UNBEIRRT VERRINGERT SIE DIE DISTANZ UND LEGT AUF IHR ZIEL AN. DER REHBOCK GEHT ZU BODEN ... UND MIT IHM, IN GEWISSER WEISE, SIR GUY. ARNS GEFÄHRTEN BEREDEN SICH IN VERHALTENEM ZORN. „SIR GUY WURDE BELEIDIGT VON EINER ... EINER ... FRAU!" SIR GUY SELBST SAGT GAR NICHTS. ER BLICKT NUR FINSTER DREIN.
©1988 King Features Syndicate, Inc. World rights reserved

HAL FOSTER'S
Prinz Eisenherz
BY JOHN CULLEN MURPHY
DIE NACHRICHT VON DEM ZWISCHENFALL BEI DER JAGD VERBREITET SICH IN DEN DÖRFERN VON ORR MIT WINDESEILE.
SIR GUY IST WÜTEND, BEFLEISSIGT SICH JEDOCH EINES DIPLOMATISCHEN TONS. „MEIN JUNGE, ÄH, MEIN HERR", SAGT ER. „ES IST BEWUNDERNSWERT, WENN JEMAND SO GUT SCHIESSEN KANN. EINE WUNDERBARE FRAU, EURE GEMAHLIN. DOCH, NUN JA, ES WÄRE WOHL NICHT GUT, WENN MANCHER DORFBEWOHNER... WIE SOLL ICH SAGEN?... WÜSSTEN, DASS EINE FRAU..., VERSTEHT IHR, WAS ICH SAGEN WILL?"
IN DEN HÄUSERN DER SACHSEN GIBT ES BESONDERE UNRUHE. DIE SACHSEN SIND NEU IN ORR, ABER DIE MÄNNER SIND SEHR AUF IHRE TRADITIONEN BEDACHT. „DAS WAR EIN SCHLAG INS GESICHT, JA, DAS WAR ES", SAGT EIN SÄCHSISCHER EHEMANN. „WEIB, BRING MIR MEHR BIER!"
DOCH DIE CHRONIKEN BERICHTEN, DASS MAEVES BEISPIEL MEHR ALS EINE FRAU VERANLASST, SICH NICHT MEHR ALLES BIETEN ZU LASSEN. „DAS BIER STEHT AUF DEM BORD", ERWIDERT DIE FRAU DES SACHSEN MIT NACHDRUCK. „HOL ES DIR SELBER. ICH BIN BESCHÄFTIGT."
2689
ALS DAS ERSTE SANFTE BEBEN DIE RUHE VON ORR ERSCHÜTTERT, SETZT SICH PRINZ ARN ZU SEINER BRAUT. „SIR GUY HAT SICH SEHR AUFGEREGT", SAGT ER ZU MAEVE. „ER MEINT, ES WÄRE NICHT SCHICKLICH FÜR EINE FRAU, SICH MIT EINEM MANN ZU MESSEN." MAEVE VERSTEHT NICHT. SIE SAGT: „ICH HABE MICH NICHT MIT EINEM MANN GEMESSEN. ICH HABE AUF EIN TIER ANGELEGT."
JOHN CULLEN MURPHY 8-21
IN DIESER NACHT LIEGT ARN LANGE WACH. ER SEUFZT. DAS LEBEN MIT MAEVE, SO DENKT ER, WIRD INTERESSANT WERDEN.

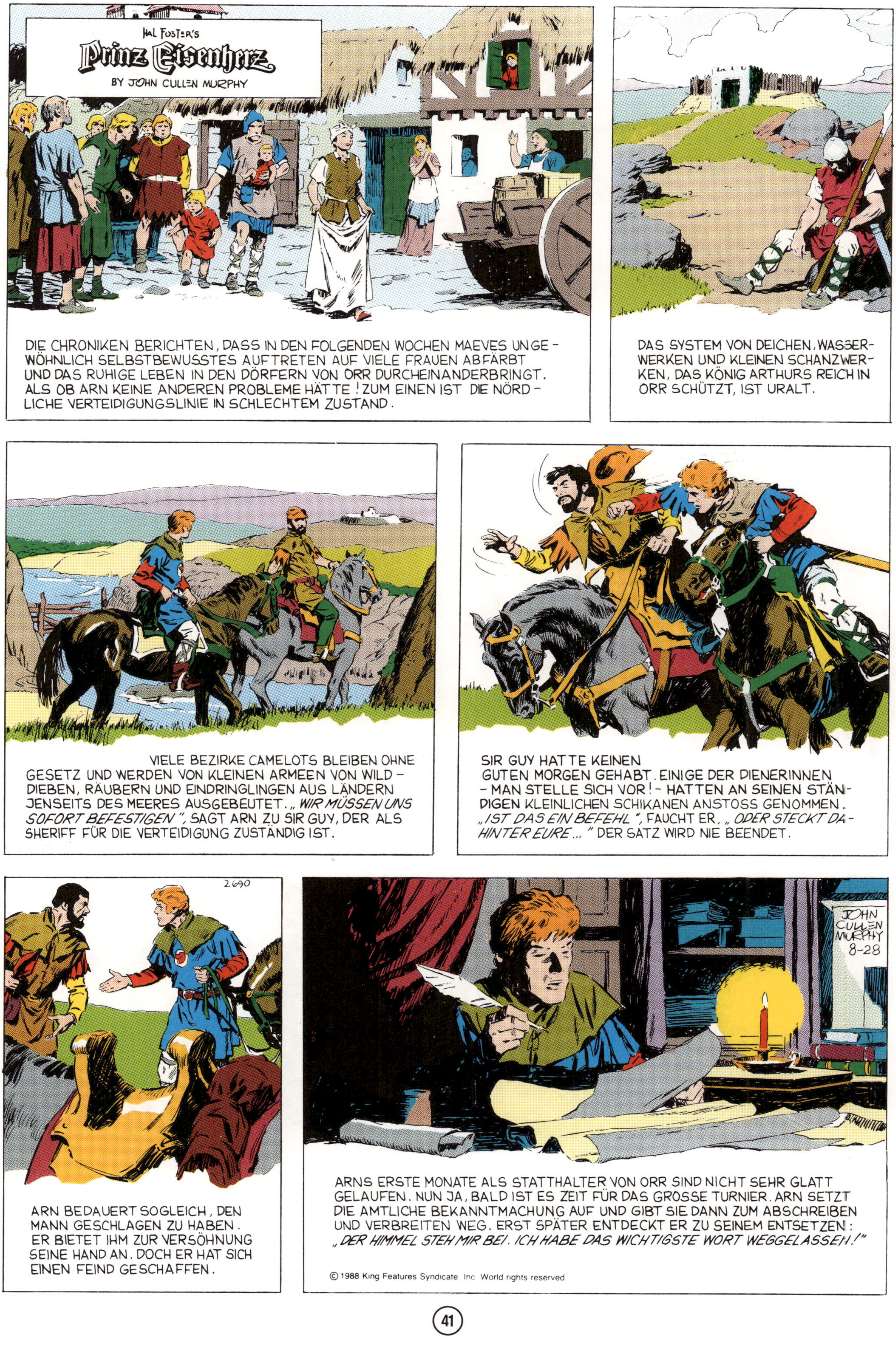
HAL FOSTER'S
Prinz Eisenherz
BY JOHN CULLEN MURPHY
DIE CHRONIKEN BERICHTEN, DASS IN DEN FOLGENDEN WOCHEN MAEVES UNGEWÖHNLICH SELBSTBEWUSSTES AUFTRETEN AUF VIELE FRAUEN ABFÄRBT UND DAS RUHIGE LEBEN IN DEN DÖRFERN VON ORR DURCHEINANDERBRINGT. ALS OB ARN KEINE ANDEREN PROBLEME HÄTTE! ZUM EINEN IST DIE NÖRDLICHE VERTEIDIGUNGSLINIE IN SCHLECHTEM ZUSTAND.
DAS SYSTEM VON DEICHEN, WASSERWERKEN UND KLEINEN SCHANZWERKEN, DAS KÖNIG ARTHURS REICH IN ORR SCHÜTZT, IST URALT.
VIELE BEZIRKE CAMELOTS BLEIBEN OHNE GESETZ UND WERDEN VON KLEINEN ARMEEN VON WILDDIEBEN, RÄUBERN UND EINDRINGLINGEN AUS LÄNDERN JENSEITS DES MEERES AUSGEBEUTET. *„WIR MÜSSEN UNS SOFORT BEFESTIGEN"*, SAGT ARN ZU SIR GUY, DER ALS SHERIFF FÜR DIE VERTEIDIGUNG ZUSTÄNDIG IST.
SIR GUY HATTE KEINEN GUTEN MORGEN GEHABT. EINIGE DER DIENERINNEN – MAN STELLE SICH VOR! – HATTEN AN SEINEN STÄNDIGEN KLEINLICHEN SCHIKANEN ANSTOSS GENOMMEN. *„IST DAS EIN BEFEHL"*, FAUCHT ER, *„ODER STECKT DAHINTER EURE ..."* DER SATZ WIRD NIE BEENDET.
2690
ARN BEDAUERT SOGLEICH, DEN MANN GESCHLAGEN ZU HABEN. ER BIETET IHM ZUR VERSÖHNUNG SEINE HAND AN. DOCH ER HAT SICH EINEN FEIND GESCHAFFEN.
JOHN CULLEN MURPHY 8-28
ARNS ERSTE MONATE ALS STATTHALTER VON ORR SIND NICHT SEHR GLATT GELAUFEN. NUN JA, BALD IST ES ZEIT FÜR DAS GROSSE TURNIER. ARN SETZT DIE AMTLICHE BEKANNTMACHUNG AUF UND GIBT SIE DANN ZUM ABSCHREIBEN UND VERBREITEN WEG. ERST SPÄTER ENTDECKT ER ZU SEINEM ENTSETZEN: *„DER HIMMEL STEH MIR BEI. ICH HABE DAS WICHTIGSTE WORT WEGGELASSEN!"*
© 1988 King Features Syndicate Inc. World rights reserved

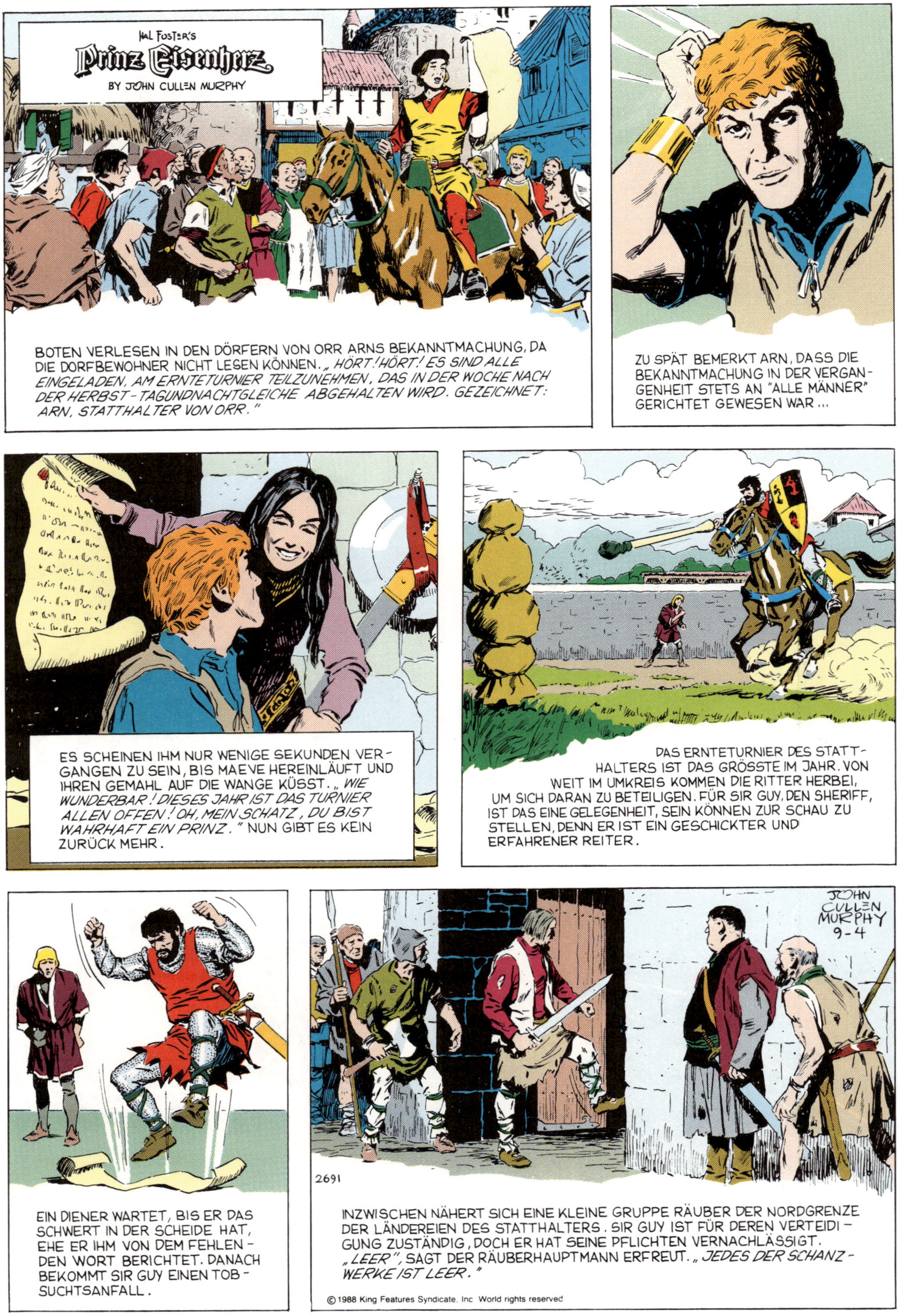
HAL FOSTER'S
Prinz Eisenherz
BY JOHN CULLEN MURPHY
BOTEN VERLESEN IN DEN DÖRFERN VON ORR ARNS BEKANNTMACHUNG, DA DIE DORFBEWOHNER NICHT LESEN KÖNNEN. „HÖRT! HÖRT! ES SIND ALLE EINGELADEN, AM ERNTETURNIER TEILZUNEHMEN, DAS IN DER WOCHE NACH DER HERBST-TAGUNDNACHTGLEICHE ABGEHALTEN WIRD. GEZEICHNET: ARN, STATTHALTER VON ORR."
ZU SPÄT BEMERKT ARN, DASS DIE BEKANNTMACHUNG IN DER VERGANGENHEIT STETS AN "ALLE MÄNNER" GERICHTET GEWESEN WAR ...
ES SCHEINEN IHM NUR WENIGE SEKUNDEN VERGANGEN ZU SEIN, BIS MAEVE HEREINLÄUFT UND IHREN GEMAHL AUF DIE WANGE KÜSST. „WIE WUNDERBAR! DIESES JAHR IST DAS TURNIER ALLEN OFFEN! OH, MEIN SCHATZ, DU BIST WAHRHAFT EIN PRINZ." NUN GIBT ES KEIN ZURÜCK MEHR.
DAS ERNTETURNIER DES STATTHALTERS IST DAS GRÖSSTE IM JAHR. VON WEIT IM UMKREIS KOMMEN DIE RITTER HERBEI, UM SICH DARAN ZU BETEILIGEN. FÜR SIR GUY, DEN SHERIFF, IST DAS EINE GELEGENHEIT, SEIN KÖNNEN ZUR SCHAU ZU STELLEN, DENN ER IST EIN GESCHICKTER UND ERFAHRENER REITER.
EIN DIENER WARTET, BIS ER DAS SCHWERT IN DER SCHEIDE HAT, EHE ER IHM VON DEM FEHLENDEN WORT BERICHTET. DANACH BEKOMMT SIR GUY EINEN TOBSUCHTSANFALL.
JOHN CULLEN MURPHY 9-4
2691
INZWISCHEN NÄHERT SICH EINE KLEINE GRUPPE RÄUBER DER NORDGRENZE DER LÄNDEREIEN DES STATTHALTERS. SIR GUY IST FÜR DEREN VERTEIDIGUNG ZUSTÄNDIG, DOCH ER HAT SEINE PFLICHTEN VERNACHLÄSSIGT. „LEER", SAGT DER RÄUBERHAUPTMANN ERFREUT. „JEDES DER SCHANZWERKE IST LEER."
© 1988 King Features Syndicate, Inc. World rights reserved

HAL FOSTER'S
Prinz Eisenherz
BY JOHN CULLEN MURPHY
ARN HAT IN SEINER BEKANNTMACHUNG VERSEHENTLICH DAS WORT "MÄNNER" VERGESSEN, SO DASS DAS TURNIER ALLEN OFFENSTEHT. ES ÜBERRASCHT ARN, DASS SICH SO VIELE FRAUEN BETEILIGEN WOLLEN. „ABER, HERR ARN", ERKLÄRT DIE KÖCHIN. „WER, MEINT IHR, GEHT ZUM JAGEN UND FALLENSTELLEN, WENN IHR MÄNNER KRIEG SPIELT?"
„UND WER, MEINT IHR, VERTEIDIGT HEIM UND HERD GEGEN GELEGENTLICHE UNERWÜNSCHTE BESUCHER? MERKT EUCH MEINE WORTE, HERR ARN ..."
„... WIR FRAUEN WISSEN AUCH DAS EINE ODER ANDERE ÜBER EUER SOGENANNTES 'MÄNNERHANDWERK'."
SIR GUY HAT ES BEREITS MIT MAEVES SCHIESSKÜNSTEN ZU TUN BEKOMMEN. DAHER VERBRINGT ER VIEL ZEIT BEIM TRAINING. „SIE WIRD MICH NICHT WIEDER BLOSSSTELLEN", SCHWÖRT ER.
VON ZEIT ZU ZEIT VERSUCHT MATHILDE, SIR GUYS SEIT LANGEM DULDSAME GEMAHLIN, EINEN RUHIGEN AUGENBLICK LANG IN DIE WELT IHRES MANNES EINZUDRINGEN. DOCH ER IST BESESSEN. „FORT, FRAU", SCHREIT ER SCHLIESSLICH.
JOHN CULLEN MURPHY 9-11
ARME MATHILDE! SIR GUY HATTE SO FLOTT GEWIRKT, ALS IHR VATER, EIN FRÄNKISCHER GRAF, DIE HOCHZEIT FESTGELEGT HATTE. UND MATHILDE WAR EINE AUFGEWECKTE, FRÖHLICHE JUNGE FRAU GEWESEN, DIE ZUSAMMEN MIT IHREN BRÜDERN REITEN GELERNT HATTE UND SPASS AM LEBEN IN DER FREIEN NATUR HATTE.
2692
WÄHREND MATHILDE ZÜRNT, RUFT EIN RÄUBERHAUPTMANN IN GANZ BRITANNIEN DIE GRÖSSTEN GAUNER ZUSAMMEN. DENN ER HAT ENTDECKT, DASS ORRS VERTEIDIGUNGSLINIE ÄUSSERST SCHWACH IST.

HAL FOSTER'S
Prinz Eisenherz
BY JOHN CULLEN MURPHY
DER ERNTEMOND GEHT ÜBER DEN FELDERN UND WÄLDERN VON ORR AUF. AM FOLGENDEN MORGEN BEGINNT DAS TURNIER.
SIR GUY, DER SHERIFF VON ORR, NUTZT DIE LETZTEN STUNDEN, UM SEIN KÖNNEN FÜR EINEN WETT-STREIT ZU SCHÄRFEN, DER, WIE ER WEISS, SEHR HART WERDEN WIRD. EINER SEINER GEHILFEN STÖRT IHN DABEI MIT DER MELDUNG: „*BAUERN BERICHTEN, DASS IM NORDEN FREMDE GESICHTET WORDEN SIND.*" DOCH FÜR SOLCHEN UNSINN HAT SIR GUY NICHTS ÜBRIG.
IN DER TAT HATTE ER SEIT WOCHEN KEINE ZEIT FÜR DIE VERTEIDIGUNG DER BEZIRKE VON ORR. SEINE UNACHTSAMKEIT BLIEB NICHT UNBEMERKT. IM SCHEIN DES HERBSTMONDES GREIFEN RÄUBER EINES DER NÖRDLICHEN DÖRFER VON ORR AN.
DIE DORFBEWOHNER, DIE FLIEHEN KÖNNEN, ERREICHEN AM NÄCHSTEN MORGEN PRINZ ARNS BURG UND STELLEN FEST, DASS NIEMAND DA IST, DER IHRE SORGEN ANHÖREN KÖNNTE. ALLE **SIND** BEIM TURNIER.
AUF PRINZ ARNS ZEICHEN HIN VERKÜNDET EIN HEROLD DEN BEGINN DER WETTKÄMPFE. DIE TEILNEHMER MARSCHIEREN AN DEN TRIBÜNEN VORBEI. FÜR ARN IST DAS EIN STOLZER AUGENBLICK: ALS STATTHALTER VON ORR STEHT ER SEINEM ERSTEN TURNIER VOR. UND DORT UNTEN ...
2693
© 1988 King Features Syndicate, Inc. World rights reserved
JOHN CULLEN MURPHY 9-18
... IST MAEVE, DIE DIE FRAUEN VON ORR AUF DEN TURNIERPLATZ FÜHRT.

HAL FOSTER'S
Prinz Eisenherz
BY JOHN CULLEN MURPHY
DAS HERBSTTURNIER VON ORR IST, SOWEIT MAN SICH ERINNERN KANN, DAS UNGEWÖHNLICHSTE ALLER ZEITEN, DENN ES SIND FRAUEN EBENSO BETEILIGT WIE MÄNNER. DIE FRAUEN AUF DEN TRIBÜNEN BRECHEN IN WILDEN JUBEL AUS, ALS IHRE WETTSTREITERINNEN VORTRETEN.
SIR GUY BEOBACHTET ALLES KOPFSCHÜTTELND VON SEINEM ZELT AUS. DAS WIRD EIN LANGER TAG WERDEN.
DIE FRAUEN BETEILIGEN SICH NICHT AN DEN HÄRTEREN WETTKÄMPFEN ... *„NUR EIN MANN IST DUMM GENUG, IN EINEM SPORTLICHEN WETTKAMPF KOPF UND KRAGEN ZU RISKIEREN"*, HÖRT MAN EINE FRAU SAGEN ... DOCH IN DEN ANDEREN WETTKÄMPFEN TRETEN SIE IN GROSSER ZAHL AN.
DIE FRAU DES MARKETENDERS ÜBERRASCHT DIE MENGE ALS GEWINNERIN DES MESSERWERFENS. *„SCHAU NICHT SO ÜBERRASCHT, JÜNGELCHEN!"* SAGT SIE ZUM FRÜHEREN MEISTER IM MESSERWERFEN. *„ICH HABE TAGAUS, TAGEIN SO EIN MESSER IN DER HAND."*
JOHN CULLEN MURPHY 9-25
BEIM RINGSTECHEN GIBT ES EINEN HEISSEN KAMPF UM DEN ERSTEN PLATZ. DIE FRAU DES MÜLLERS SETZT SICH SCHLIESSLICH MIT HILFE EINES ELLBOGENS AN DIE SPITZE. DAS ELLBOGENREMPELN IST FAST SCHON EIN REFLEX. ES HAT IHR SCHON TAUSENDMAL GEHOLFEN, AM MARKTTAG DAS FRISCHESTE OBST ZU ERSTEHEN.
© 1988 King Features Syndicate, Inc. World rights reserved
2694
ALS NÄCHSTES STEHT DAS PFERDERENNEN AUF DEM PROGRAMM, AN DEM SICH VIELE FRAUEN BETEILIGEN WOLLEN. WÄHREND EIN HORN ZUM START BLÄST, VERRICHTET EINE HAND VERSTOHLEN IHR WERK.

NACH DEM LANZENZWEIKAMPF, DEM MESSERWERFEN UND DEM RINGSTECHEN KOMMT DAS PFERDERENNEN. DIE RENNSTRECKE FÜHRT DURCH EINE GRÜNENDE HÜGELLANDSCHAFT. HUNDERT MÄNNER UND FRAUEN BEREITEN IHRE PFERDE VOR, DOCH SIR GUY IST ZUVERSICHTLICH, DASS ER DEN SIEG SCHON IN DER TASCHE HAT. ER IST NICHT NUR EIN VORZÜGLICHER REITER ...

... ER WEISS AUCH, DASS PRINZESSIN MAEVE WAHRSCHEINLICH EIN UNGLÜCK ZUSTOSSEN WIRD. ACH, SEUFZT ER, WIE UNFAIR DAS LEBEN DOCH IST!

DANN GEHT ES LOS! DICHTGEDRÄNGT TREIBEN DIE REITER IHRE PFERDE ZUM ERSTEN FLUSSUFER. DIE HUFE WIRBELN DIE ERDE AUF WIE EIN PFLUG. VIELE STOLPERN. WER DURCHKOMMT, REITET WEITER.

ES IST EIN HARTER WETTKAMPF. AUF DER ZIELGERADEN SCHLIESSLICH, WO DIE STRECKE DURCH EINEN BREITEN, ABER FLACHEN WASSERGRABEN FÜHRT, SIEHT SIR GUY, DASS IHM NUR NOCH MAEVE DIE FÜHRUNG STREITIG MACHEN KANN. ER LÄCHELT. IHRE ZEIT WIRD KOMMEN.

DANN RUNZELT ER DIE STIRN EINGEDENK DER TATSACHE, DASS SEINE FRAU IM RENNEN MITHÄLT, AUCH WENN SIE EINEN DER HINTEREN PLÄTZE BELEGEN WIRD. EINE EIGENSINNIGE FRAU, DENKT ER.

WAS WERDEN SEINE FREUNDE SAGEN ... DASS MATHILDE MEHR IST, ALS ER IM ZAUM HALTEN KANN? DOCH DIESE FINSTEREN GEDANKEN SIND PLÖTZLICH WIE WEGGEWISCHT. DENN ALS DIE REITER EINE STEILE UFERBÖSCHUNG HINAUFREITEN, REISST DER GÜRTEL AN MAEVES SATTEL, UND DIE PRINZESSIN STÜRZT NACH HINTEN INS LEERE.

CARLSEN COMICS

Das bunte Programm

TIM UND STRUPPI

Tim, sein Hund Struppi, der immerzu fluchende Kapitän Haddock, die Detektive Schulze und Schultze, Professor Bienlein und die unnachahmliche Sängerin Castafiore – sie begeistern nun schon fast ein Menschenalter lang alle Leser „zwischen acht und achtzig"

Von Hergé.

ALFRED JODOCUS KWAK

Die große Comic-Serie nach der erfolgreichen Musikfabel von Herman van Veen!

Von Herman van Veen, Hans Bacher und Harald Siepermann.

GASTON

Mit seinen verrückten Einfällen und Erfindungen bringt der Bürobote Gaston die gesamte Belegschaft des Carlsen Verlages an den Rand des Wahnsinns. Gaston ist die größte Katastrophe, seit es Comics gibt.

Von André Franquin.

SPIROU UND FANTASIO

Nichts ist aufregender als ein Tag im Leben von Spirou und seinem Freund Fantasio. Dafür sorgt schon das Marsupilami, das gefleckte Wundertier mit dem unendlich langen Schwanz!

Von André Franquin und Jean-Claude Fournier.

SPIROU CLASSICS

Eine Liebhaberausgabe mit klassischen Spirou-Geschichten aus den 40er Jahren.

Von André Franquin.

DIE ABENTEUER DES MARSUPILAMIS

Der palumbianische Urwald, die Heimat des Marsupilamis, wurde noch von kaum einem Menschen betreten. Was das gelbe Wundertier mit dem neun Meter langen Schwanz hier erlebt, schildert diese neue Albumreihe.

Von Franquin, Greg und Batem.

CUBITUS

Cubitus, die gewichtige Hundepersönlichkeit, ist mit allen Wassern gewaschen, wenn es darum geht, seinen Herrn Bojenberg zur Verzweiflung zu bringen. Nur dem feisten Kater Paustian ist er nicht immer gewachsen...

Von Dupa.

YOKO TSUNO

Die japanische Elektronik-Spezialistin Yoko Tsuno und ihre Begleiter Vic und Knut erleben phantastische Abenteuer im Weltraum und auf der Erde.

Von Roger Leloup.

DER ROTE KORSAR

Schon sein Name bringt jeden Seemann der Sieben Weltmeere zum Erzittern. Zusammen mit seiner wilden Meute macht der Rote Korsar Jagd auf die Schätze von Edelleuten und Königen.

Von Jean-Michel Charlier und Victor Hubinon.

PERCY PICKWICK

Sehr „britisch" ist die Lebensart von Percy Pickwick, dem Geheimagenten Ihrer Majestät. Seinen gefährlichen Beruf bewältigt Pickwick mit viel Humor.

Von Turk, Bédu und de Groot.

PRINZ EISENHERZ

Hal Fosters gewaltiges Epos aus den Tagen König Arthurs erscheint in dieser Edition endlich als vollständige und originalgetreue Gesamtausgabe.

Von Hal Foster.

JEFF JORDAN

Jeff Jordan ist ein Privatdetektiv, dem kein Fall zu gefährlich ist. Ihm zur Seite stehen Teddy, ein ehemaliger „schwerer Junge" sowie der unnachahmliche Inspektor Stiesel.

Von Maurice Tillieux.

comicArt

Comics für Kenner

REISENDE IM WIND

Auf einem Sklavenschiff gelangt die Adlige Isabeau de Marnaye gegen Ende des 18. Jahrhunderts bis nach Afrika und wird dort mit der grausamen Realität des Menschenhandels konfrontiert.

Von François Bourgeon.

DIE TÜRME VON BOS-MAURY

Diese brillante Serie erzählt die Geschichte des jungen Gereoy, der dem Folterkeller entrann und in eine ungewisse Zukunft unterwegs ist.

Von Hermann.

THORGAL

Der gefürchtete Wikinger-Krieger Thorgal erlebt dramatische Abenteuer in einer bizarren Welt der Magie und der Gefahren.

Von Jean van Hamme und Grzegorz Rosinski.

AUF DER SUCHE NACH DEM VOGEL DER ZEIT

Eine große Gefahr bedroht das Reich Akbar. Pelissa reist durch unzählige Gefahren, um den Vogel der Zeit zu suchen. Nur er kann Akbar retten...

Von Le Tendre und Loisel.

DIE SPUREN DER GÖTTER

Im südamerikanischen Dschungel sucht eine Gruppe von Wissenschaftlern nach der „Quelle des ewigen Lebens". Doch zwischen den Rätseln der Vergangenheit stößt die Expedition auf die Spuren der Götter...

Von Birger und Rafael.

JOHN DIFOOL

Privatdetektiv John Difool, der Held dieser meisterhaften Science-Fiction-Serie, wird zur meistgesuchten Person des ganzen korrupten Planeten.

Von Jodorowsky und Moebius.

ALEF-THAU

Chaos herrscht auf dem Planeten Mu-Dhara, den der gefürchtete Ner Ramnus von seinem Raumschiff aus beherrscht. Ist Alef-Thau wirklich der Retter, von dem die Legende der Dharianer spricht?

Von Jodorowsky und Arno.

DIE VORSTADT-GANG

In der Pariser Vorstadt ist immer was los. Mit spritziger Feder hat Margerin die ausgeflippten Abenteuer einer Jugendgang aufgezeichnet.

Von Frank Margerin.

DIE HAIE VON LAGOS

Ein abenteuerlicher Report über die moderne Piraterie. Im Mittelpunkt steht Patrick Lambert, ein Weißer in einer schwarzen Welt. In seinem Kampf gibt es nur zwei Möglichkeiten: Reichtum oder Untergang!

Von Matthias Schultheiss.

BILAL/ CHRISTIN

Enki Bilal und Pierre Christin sind Meister der hintergründigen Polit-Fiktion. Mit einem Hauch Phantastik widmen sie sich in jedem Band einem neuen Thema unserer Wirklichkeit.

Von Pierre Christin und Enki Bilal.

CORTO MALTESE

Corto Maltese ist ein Einzelgänger, ein Kapitän ohne Schiff. Er lebt in einer Welt, in der sich Realität, Magie und Phantasie ständig vermischen. Ein meisterhaftes Abenteuer-Epos!

Von Hugo Pratt.

EIN INDIANISCHER SOMMER

Dieser meisterhafte, zweibändige Comic-Roman schildert die schicksalhaften Ereignisse um die Siedlung Neu-Kanaan Ende der 20er Jahre des 17. Jahrhunderts.

Von Hugo Pratt und Milo Manara.